I0564976

LE
PEUPLE

PAR

Victor BONHOMMET

~❦~

LE MANS,
IMPRIMERIE EDMOND MONNOYER,
Place des Jacobins.
—
1870.

LE PEUPLE

LE

PEUPLE

PAR

Victor BONHOMMET

LE MANS,

IMPRIMERIE EDMOND MONNOYER,

Place des Jacobins.

—

1870.

PRÉFACE.

Les poëtes ont chanté des monstres qui, comme le
dragon de l'Apocalypse, font frémir d'effroi, des monstres qui, comme le minotaure, se nourrissent de chair
humaine. Ils ont célébré la perfidie des serpents et la
rapacité des vautours ; ils ont exalté les contempteurs,
les corrupteurs, les destructeurs du genre humain,
mais quelles sont les Muses qui ont daigné redire les
travaux féconds, les actions héroïques, les nobles
dévouements des ouvriers courageux qui nourrissent
les hommes, embellissent la terre et multiplient les
bienfaits des cieux ? Hélas ! les travailleurs des champs,
de la mer et de l'atelier n'ont guère inspiré jusqu'à ce
jour que l'indifférence et le dédain ! La Poésie fuit les
humbles !

Je sais bien que quelques écrivains célèbres ont fait
sortir des notes admirables du clavier populaire et
modelé des types immortels dans le flanc de la Pauvreté et du Prolétariat ; mais aucun d'eux ne nous a
montré, sur un vaste théâtre, les légions vaillantes
qu'on appelle « la vile multitude ! » La bienfaisante

armée qui fait naître la joie et l'abondance n'a point
encore eu son poëte !

Cette lacune dans l'histoire des enfants de Dieu m'a
frappé, et je me suis dit : Que ne suis-je doué du talent
qui divinise les sentiments généreux ! Comme je m'en-
presserais d'ennoblir toutes les vertus et tous les cou-
rages obscurs !

Quoi ! la Poésie a trouvé des accents sublimes pour
célébrer des chantres grotesques et avinés, des grues
et des grenouilles, et sa lyre est muette quand il s'agit
de retracer les immenses travaux du peuple industrieux qui couvre la terre de moissons et de merveilles !

Chose étrange ! quand les poëtes veulent proposer
aux humains un héros comme modèle à imiter, ils vont
chercher ce héros hors de l'humanité ! Quand ils veulent édifier le monde laborieux ils font trôner devant
lui la Mollesse, l'Oisiveté et les nullités brillantes ! Sur
le pont du vaisseau immense qu'on nomme Nation,
ils ne nous montrent que le pilote, ayant soin de
laisser dans l'ombre l'équipage hardi, habile et diligent qui anime ce vaisseau ! Enfin sur les vastes
champs de bataille où combat l'Humanité, ils n'ont
chanté que les louanges du général ! Ne parlera-t-on
jamais de l'armée !

Cette ironie, cette injustice du génie m'a suggéré
la pensée téméraire de venger les travailleurs. J'ai

résolu de peindre leurs travaux, leurs souffrances et leurs aspirations.

Je sais qu'il est diffficile d'atteindre le but que je me propose, car les chemins que je parcours n'offrent souvent que de vagues perspectives. Ils sont bordés de fleurs encore sauvages et de buissons où détonnent parfois des voix aigres et discordantes qui effarouchent Pégase ; et il faut quelque courage pour marcher long-temps dans ces parages abrupts et désolés. Je sais, dis-je, que je m'impose une tâche au-dessus de mes forces, et que cette tâche est d'autant plus ardue que je fais entrer dans le cadre splendide d'une sorte d'épopée, les derniers parmi les hommes ! Je les fais monter sur un théâtre où le génie n'a introduit jusqu'à ce jour que les grands de la terre, les rois et les dieux ! J'ose, en outre, rattacher la chaîne de l'humanité que les illustres législateurs du Parnasse ont rompue en excluant les travailleurs des mémorables actions hu-maines. Je rapproche les frères ennemis en montrant aux puissants qu'ils sont sortis du sein du peuple qu'ils repoussent, et je mêle hardiment les humbles à toutes les grandes choses de notre époque ! P. Dupont n'a-t-il pas dit : « Les hommes simples et forts, ceux qui font vivre, ont constaté leurs droits à la vie morale et intellectuelle. Ceux qu'on jugeait les plus grossiers entreront dans les théories comme des esprits purs. »

Toutes ces nouveautés feront-elles de mon poëme un

ouvrage sérieux? Je l'ignore! Ne choqueront-elles
point les hommes à préjugés? Cela m'importe peu! En
écrivant mes vers j'ai voulu simplement montrer que la
sphère où s'agite le Peuple est un nouveau monde
poétique où sont enfouies de grandes richesses; et,
résolûment, sans espoir de salaire, et sans désirer
savoir si quelque écho flatteur ou ironique redira mon
nom demain, j'ai exploré cette sphère en pionnier
obscur!

Le petit volume que j'offre au lecteur n'est donc
qu'une modeste ébauche où je crois avoir ouvert une
nouvelle voie à la Muse populaire. Si je n'ai pas su
y répandre tous les trésors qui étaient sous ma main;
si je n'ai pas su exploiter tous les riches filons que
j'ai découverts, j'espère au moins, en publiant ces
essais, que des poëtes plus habiles en feront un jour
un monument littéraire digne de la grande armée du
travail à qui l'avenir appartient. Et cette espérance
me suffit!

Le Mans, septembre 1870.

LE PEUPLE

——

CHANT PREMIER.

I.

Pardonne, ô Calliope, au profane vulgaire
Qui vient toucher un luth d'une main téméraire !
Parmi tes favoris, gravissant l'Hélicon,
Voltige quelquefois un frêle papillon.
Punis-tu l'effronté ? Non. Lui laissant l'espace
Tu laisses bourdonner cet insecte qui passe !
Puisqu'un chant de grillon dans l'hymne à l'Éternel
Parmi toutes les voix monte aussi vers le ciel ;
Puisqu'au divin concert où chante la nature
Le brin d'herbe parfois mêle aussi son murmure ;
Enfin puisque tout bruit jette au monde un écho,
Laisse un pâtre chanter à l'ombre du hameau,
Laisse un instant mes doigts s'égarer sur ta lyre,
Ah ! laisse au pauvre fou son ravissant délire !
Mes héros n'iront point dans un combat fameux,
En entassant des monts, porter la guerre aux cieux.
Qu'un Homère nouveau, dans sa course haletante,
Célèbre en vers pompeux une fête sanglante,

Ce belliqueux poëte emporté par son vol
N'écoute point les cris qui s'élèvent du sol ;
Vers un dieu qui foudroie, et vers les hautes cimes,
Où l'aigle sans pitié déchire ses victimes,
Il monte s'inspirer d'impétueux transports
Qui bientôt jailliront en suaves accords.
Là, comme l'aquilon qui souffle sur nos têtes,
Sa voix ne retentit que pendant les tempêtes.
Il dit : — Pour qu'à mon luth palpite l'Univers,
J'irai chez les humains comme Orphée aux enfers !
Mais moi le chantre obscur, du pauvre, de l'infime,
Je n'ai point l'aile, hélas ! qui nous porte au sublime :
Tel que marchait l'apôtre, errant, toujours à pied,
Je glane en mon chemin le soupir oublié !
Enfin je n'ai jamais bu l'onde inspiratrice
Dans le vallon sacré ! non, je puise au calice
Des humbles d'ici-bas, l'ivresse des douleurs,
Et, dans un coin, je chante en essuyant des pleurs !...
Sur l'océan du monde avec sa longue-vue,
Hugo découvre au loin l'orage dans la nue ;
Vers le vaisseau qui sombre il s'élance parfois
Essayant de sauver tout un peuple aux abois ;
Debout comme un pilote et les yeux vers le pôle
Il dirige à son gré la flotte vers le môle.
Je ne vois sur ces mers, moi, que les matelots
Qui nagent vers la rive en combattant les flots ;
Voguant vers un Dieu bon ma nacelle sans voile,
A, comme le berger, pour fanal une étoile ;
Mon âme est ma boussole, et j'accueille à mon bord
Quiconque est naufragé, quiconque cherche un port.
Le soldat inconnu, blessé dans vingt batailles,
Qui succombe sans bruit et meurt sans funérailles ;
La veuve désolée et qui, les yeux brûlants,
Vend ses nuits au labeur pour nourrir ses enfants ;
L'infortuné qui cherche en invoquant la brise
Sur l'océan humain une terre promise ;
Celui qui dans les fers pour son frère a gémi,

Ainsi que Spartacus dans sa cause affermi ;
L'indigence qui boit la rinçure et la lie ;
Le paria chassé du banquet de la vie,
Et qui, vieux et semblable au vieil arbre épuisé,
Meurt, debout, sur la glèbe où son corps s'est usé,
En donnant à son maître, au riche qui l'abhorre,
Ses jeunes rejetons, un dernier fruit encore !
Enfin l'humble qui vient sous de pesants fardeaux
Joncher nos pas de fleurs et soulager nos maux :
Voilà ceux que je guide, en chantant, vers la plage,
Oubliant avec eux les périls du naufrage.
Chacun d'eux apparaît au grand jour dans mes vers,
L'un maîtrisant le sol, l'autre explorant les mers :
Chacun y vient chercher une juste louange,
En me prêtant un trait qui l'honore ou le venge !
Alors sans trop songer où s'en ira ma voix
De tous ces fils de Job je redis les exploits.
Et, comme l'humble abeille au fond de l'alvéole,
J'épanche dans une ombre un doux miel qui console !
O muse qui souris aux modestes héros,
Des humbles redis-moi les pénibles travaux !
Lorsque du haut des cieux l'astre de la lumière
Répand les rayons d'or qui fécondent la terre,
N'offre-t-il pas à tous sa divine splendeur ?
Comme au cèdre il sourit à la plus simple fleur !
Sa face éblouissante, inondant l'orbe immense,
Réchauffe l'enfant nu, console l'indigence,
Et, descendant au fond de toute abjection,
Au plus faible, au plus vil, apporte un pur rayon !

II.

Le flocon globuleux qui plane sur nos têtes
Couve au sein de l'azur d'effroyables tempêtes,
L'œuf fragile du nid qui tremble sous le vent
Renferme un crocodile ou le boa géant ;

La goutte du virus contient l'épidémie,
Et la faible étincelle, un immense incendie :
De même un ver humain apporte parmi nous
Tout ce que les enfers distillent de courroux !
Quand l'homme au front superbe à l'homme misérable
Eut dit dans son dédain : « Tu n'es pas mon semblable ! »
Le soleil irrité, dardant d'âpres rayons,
Multiplia l'aspic, dessécha les sillons ;
La terre suspendit sa course au sein des mondes,
Et cessa d'épancher ses mamelles fécondes ;
Le chœur des Séraphins, sensible à nos malheurs,
Rompit ses chants d'amour et répandit des pleurs !
L'homme injuste et méchant venait contre lui-même
De prononcer, hélas ! un horrible anathème !
N'accusons donc plus Dieu de nous avoir livrés,
Faibles et sans défense, aux démons conjurés
Que l'abîme vomit et qui frappent dans l'ombre :
L'implacable ennemi, l'ennemi le plus sombre   [main,]
Que l'homme ait sous les cieux, c'est... c'est l'homme ! Sa
Pleine d'or et de fiel, est l'urne du destin !
Suivant qu'il sent en lui le délire ou la haine,
Suivant ses visions, ce pâle énergumène
Dresse à son frère un trône ou lui forge des fers,
L'adore sous le dais ou le brûle aux enfers ;
Il lui donne un empire ou vole sa chaumine,
Et lui met sur le front la tiare ou l'épine.
Ce roi du globe enfin tient le creuset fatal
Où son souffle amalgame aux biens de Dieu, le mal !
Le larron du tripot, l'Ignorance imbécile,
L'Égoïsme sans cœur, la Faim au sein stérile,
L'Esclavage farouche au regard hébété,
L'encenseur du veau d'or, la sotte Vanité,
La Prostitution, chancelante, avinée,
Buvant des lupanars la coupe empoisonnée,
L'oppression cachant sous un habit bourgeois
Le glaive des Césars pour égorger les lois,
La guerre aux bras sanglants qui, l'écume à la bouche,

Foudroie ou stérilise, hélas ! ce qu'elle touche,
L'erreur aux doigts sacrés fabriquant des faux dieux :
Tous ces esprits du mal, ces spectres ténébreux,
Comme Eblis et Caïn, sont sortis de sa race !...
Ce sont les chers enfants qu'avec joie il embrasse.

Voyez-les tout petits, se tenant par la main,
Entrer dans l'âge d'or où les attend Demain ;
Demain, accompagné de sa sœur l'Espérance,
De l'Amour et des Ris, des Jeux, de la Puissance.

Là, pillant les trésors de l'enchanteur Printemps,
La ronde les emporte à des plaisirs constants ;
Là, le ciel radieux chaque jour les appelle
Pour couronner leurs fronts d'une aurore nouvelle !
Ils vont comme un essaim de joyeux papillons,
De la joie aux fruits d'or et des fleurs aux rayons !

Chacun, selon ses goûts, vers l'avenir s'élance...
Suivons donc un instant leur blonde adolescence.

III.

L'un, enfant du hameau, le dimanche à l'autel,
Encense le pasteur et porte le missel.
En voyant sur son front la flamme d'un Moïse
Sur ses genoux pieux, la charitable Église
Lui fait au séminaire épeler le latin.
Déjà d'un œil subtil, avec saint Augustin,
Son génie en extase aperçoit l'Empyrée :
Il voit descendre un Dieu dans son âme inspirée.
Fuyant d'un monde étroit les soins ambitieux,
Il ne veut ici-bas, rien !... que la clef des cieux !
L'autre dans les blés glane avec l'essaim frivole
Qui vient de s'envoler des bancs noirs de l'école.
Pendant que ses amis, insoucieux lutins,

Moissonnent des bluets, gaspillent leurs butins,
Lui, vif et prévoyant, sage comme l'abeille,
De nombreux épis d'or court emplir sa corbeille.
L'autre est l'ange aux pieds nus, l'enfant au front vermeil
Qu'engendra la nature aux baisers du soleil.
Parfois sa joie errante, à l'ombre d'un vieux hêtre,
Chante la liberté, les fleurs et le grand Être ;
Parfois d'un pied léger jusqu'aux sommets des monts
Il poursuit les chevreuils en imitant leurs bonds ;
Il s'abreuve comme eux aux flots des précipices
Et mange des forêts les sauvages prémices ;
Il a le ciel pour tente et l'étoile de feu
Le regarde dormir comme un œil du bon Dieu !
L'autre est riche ! A ce titre une fée opulente
Caresse chaque jour sa vanité naissante ;
Elle fouille le globe, et sa baguette d'or
En fait jaillir pour lui le plus rare trésor.
Les filles du labeur, les vives industries,
Font ruisseler sur lui l'ambre et les pierreries ;
Le drapent dans le lin, la soie et le velours
Que façonnent l'aiguille et les doigts des Amours.
Chaque jour cet enfant, à la marche pompeuse,
Promène un habit neuf dans la foule envieuse.
L'autre a l'âme guerrière ! Il est audacieux,
Il a comme l'aiglon des éclairs dans les yeux.
Quand il dort, sur sa couche une charmante fée
Se penche et lui promet un glorieux trophée.
Son aïeul fut, dit-on, un héros plébéien
Dont, tout tremblant encor, le monde se souvient.
Ce héros fut heureux !... et, comme Bernadotte,
Après avoir courbé ses frères sous sa botte,
Il se transfigura sous le casque de Mars,
En franchissant un jour des villes les remparts ;
Et dès lors la victoire à tous les coins du globe
L'emporta radieux dans les pans de sa robe !
L'autre est une enfant blonde, une vierge au front pur
Qu'une grâce a pétrie et de neige et d'azur.

Comme un lis odorant à l'élégante tige
Elle te doit, Seigneur, son céleste prestige !
C'est toi qui fais jaillir du fond de ses beaux yeux
D'ineffables rayons, deux étoiles des cieux ;
C'est toi qui dans les champs arranges son écharpe ;
Son rire musical est l'écho de ta harpe ;
C'est ton souffle embaumé, c'est ton esprit divin,
Qui font épanouir ses lèvres de satin !
Tout en elle éblouit ! C'est l'ange de la terre
Qui sous un lin discret nous cache avec mystère
Les ailes de l'Amour, les charmes de Vénus,
Et du bonheur humain les trésors inconnus !

Ces blonds enfants encore au printemps de la vie
Ont tous sucé le lait de la même patrie !
Tous ont été conçus dans des flancs plébéiens ;
Ils ont la même foi, tous ont des noms chrétiens ;
Et tous sur l'Évangile, un jour dans leurs prières,
Ont juré, devant Dieu, de s'aimer, d'être frères !...

Jouant, jasant, sautant, ces chérubins, parfois,
Ainsi que les oiseaux qui chantent sous nos toits,
Rayonnent parmi nous. Le rejeton du pâtre
Et l'enfant de Plutus ont dans ce jeu folâtre
Même chant, même essor, même ciel, mêmes ris.
Dieu donne aux passereaux ainsi qu'aux colibris
Son amour, le soleil et les forêts immenses ;
S'il a versé sur l'un plus de magnificences,
Eh bien, l'autre l'ignore, et ce n'est qu'à ce prix
Qu'ils sont vraiment tous deux oiseaux du paradis !
Ainsi chez ces enfants tout est parfum et joie,
Tous leurs jours sont filés d'amour, d'or et de soie.
Pour eux, ignorant tout, nos soupirs et nos pleurs,
La terre est un jardin dont ils cueillent les fleurs !
Attendez !... Tous ces fronts, aujourd'hui si candides,
Seront marqués bientôt de nos sinistres rides !...

IV.

Déjà le froid orgueil, interrompant les jeux,
Les rêves, les chansons de ces enfants joyeux,
Vient leur dire : — Il est temps de songer à la vie !...
Chaque âme, frêle fleur à peine épanouie,
Soudain se ferme, hélas ! Tel un lis entr'ouvert
Que surprend tout à coup le souffle de l'hiver !

Pourtant ce jeune essaim dans la famille humaine
Veut resplendir encor. La vierge s'y fait reine
Et le héros puissant ; l'enfant même en haillons
A l'astre des grandeurs demande des rayons.
Mais, comme dans l'Éden, l'ange qui s'y fait homme
Y perd son innocence ; il y veut à la pomme,
Où le Seigneur a mis et le bien et le mal,
Goûter pour être un dieu ! Mais ce beau fruit fatal
Au lieu de lui donner, hélas ! le bien suprême
Semble attirer sur lui ce terrible anathème
Qu'entendit, frémissant, Adam coupable, un jour :
« — Abandonne à jamais le fortuné séjour
« Où j'ai versé sur toi tout mon amour immense.
« Fils ingrat, qu'as-tu fait de ta blanche innocence,
« Ce manteau radieux que je donne aux élus ?
« Tu t'en es dépouillé ! je ne te connais plus !
« Sois maudit sur la terre et que toute ta race
« Y subisse le joug de ta superbe audace !... »

V.

Suivons donc à présent dans l'avenir brumeux
Tous ces anges déchus, ces blonds proscrits des cieux.
A peine ont-ils quitté les ailes de leurs mères
Et l'âge aux rêves d'or, l'âge aux douces chimères ;

A peine de la lice ont-ils franchi le seuil,
Que l'âpre Ambition, s'unissant à l'Orgueil,
Déjà leur tend de loin sa main solliciteuse
Et vient mêler son ombre altière et vaniteuse
Aux douces visions de leurs jeunes esprits.
— Viens ! dis cette déesse à la chaste Cypris,
Range-toi sous mon aile, ô belle fille d'Ève ;
Ne dors plus, il est temps que ton songe s'achève ;
Viens, je vais révéler à tes saintes pudeurs
D'Armide et de Circé les secrets enchanteurs !
Relève, ô Cendrillon, ta jeunesse étouffée ;
Viens, je t'enseignerai, moi qui suis une fée,
Le grand art, l'art magique, en dépit des censeurs,
D'abaisser ta compagne et d'éclipser tes sœurs !...
Puis bientôt, s'éloignant de la vierge ravie,
L'Ambition appelle aux combats de la vie
Nos imberbes héros aux fronts incandescents.
— Venez à moi, dit-elle, ô fiers adolescents !
Car je suis d'ici-bas la Prêtresse infaillible,
Et j'y parle plus haut que Jésus et la Bible.
C'est moi qui construisis le vaste autel humain
Où vous viendrez prier à votre tour demain ;
J'en suis, ô mes enfants, la sibylle et l'idole.
C'est moi qui mets aux fronts l'éclatante auréole ;
Je donne le pouvoir, les lauriers, l'or enfin
Qui change en demi-dieux le fourbe et le crétin !

A cette étrange voix notre troupe frivole
Sent qu'un souffle la pousse ; et, rêveuse, elle vole
Sur les pas de l'adroite et fière déité
Qui l'entraîne en courant vers son temple enchanté.
La troupe entre... et déjà, d'espérance éblouie,
Chaque âme avec transport aux faux dieux sacrifie...
Là, sur un mont géant, la pâle Ambition
Vient régner sous les traits de l'auguste Raison ;
Elle monte au sommet et, semblable à Moïse,
Montrant les oasis d'une terre promise,

Elle appelle à ses pieds nos candides héros
Qui soudain, à leur tour, gravissent ce Nebos.
Tous cherchent Chanaan, tous vont vers la déesse,
Qui dispense aux mortels une fausse sagesse.
Dans un rude sentier, l'un, Sisyphe nouveau,
S'élève en gémissant sous un trop lourd fardeau ;
Cherchant des mines d'or, il va de roche en roche,
S'imaginant toujours que le bonheur est proche ;
Par un autre chemin de ces lieux fortunés,
La vierge en empruntant l'éclat faux des Phrynés,
S'élance vers la cime où trône une rivale,
Et monte en déchirant sa robe virginale ;
Pauvre folle elle vend pour y tourbillonner
Les ailes d'ange, hélas ! qui la faisaient planer !
Celui-ci, repoussant le doux rêveur Virgile,
Y suit Machiavel ou l'onctueux Bazile.
Entraînés par l'espoir, tous, le faible et le fort,
Accourent implorer un sourire du sort.

VI.

Cependant en suivant la voix qui les appelle,
Tous découvrent bientôt une sphère nouvelle.
La Terre au-dessous d'eux sommeille dans la nuit,
Mais bien haut dans l'espace un nouvel astre luit.

Là, sur un pur sommet, la Science inspirée
Refait la loi de Dieu que l'homme a raturée,
Allume un seul fanal pour tout le genre humain,
Et d'un geste sublime à tous montre l'Eden
D'où le même soleil, la même Providence
Du juif et du chrétien fait germer la semence,
Et du même baiser vient féconder le champ
De tous les travailleurs, de l'humble et du puissant ;
D'où les mêmes rayons, d'où la même lumière,
Eclaire l'atelier, le palais, la chaumière ;

Et de tous les penseurs, inondant les cerveaux,
Va du front de l'athée aux crânes des dévots,
Du Daïri sauvage au Pontife de Rome,
Du despote à l'esclave et de la femme à l'homme,
En gravant sur le globe en lettres de granit
Tous les divins décrets qui tombent du zénith !

. . . .

— Arrêtez ! crie au loin l'Ambition altière
A l'essaim qui déjà monte à ce sanctuaire.
N'explorez point, mes fils, ces hautes régions
Où le Progrès vainqueur, sous d'éternels rayons,
Efface mes décrets, les actes des synodes,
Les tables de Sina, du vieux monde les codes,
Et sous le ciel imprime, oh ! quel étrange roi !
En tous lieux, en tous temps, pour tous la même loi !
Fuyez, nobles enfants, la Raison qui convie
Tous les déshérités au festin de la vie.
Des sublimes rayons ah ! détournez les yeux !
L'astre qui vous attire est trop haut sous les cieux !
Fuyez la Vérité, la grande humanitaire,
Qui, comme le Soleil, se montre sans mystère,
Et, ne dédaignant point de quitter les hauteurs,
Apporte au peuple obscur ses divines splendeurs !
Vers son phare éthéré, vers ses célestes flammes
N'élevez point, vous dis-je, ô mes amis, vos âmes ;
Abaissez, croyez-moi, vos fronts pleins de clarté
Vers la brume où sommeille encor l'Humanité ;
C'est là que l'Or superbe, escorté par les Songes,
Les Désirs satisfaits, les suaves Mensonges,
Conduit tous ses élus au temple des Houris,
Au temple de la Gloire et des Jeux et des Ris !

VII.

A ces mots, déchirant d'un coup d'aile la nue,
La déesse fit voir une terre inconnue,

Où soudain tout un monde, aux horizons nouveaux,
Vint bruire au-dessous de nos jeunes héros.
Leur regard s'arrêta dans une immense plaine
Où défila bientôt la farandole humaine ;
Là semblaient accourir au même rendez-vous
Les humbles, les puissants, les sages et les fous.
Ils virent des villas, des sites fantastiques,
Des palais enchantés aux superbes portiques,
Aux plafonds étoilés où le soleil jouait
Dans l'améthyste et l'or ; des palais où Vernet
Anima de sa main les rêves du génie ;
Des palais où l'esprit joûte avec l'harmonie !
Où les amours ailés, les grâces et les fleurs,
Venaient s'épanouir au milieu des splendeurs !
Ils virent des salons où d'invisibles fées
Sous leur baguette d'or font jaillir des trophées !
C'était un vaste olympe où tous les demi-dieux
Que le hasard couronne, accouraient, radieux !...

Là Hercule, achevant sa course triomphale,
Dépose sa massue aux genoux d'une Omphale.
Comme on voit d'un brouillard s'échapper des rayons
Là le Dol enrichi, rejetant ses haillons,
Se montre dans l'éclat des dépouilles opimes
Qu'il a su conquérir un jour sur les infimes.
A côté l'Agio, hissant son pavillon,
S'annonce en déclinant pour titre : un million !
Puis viennent les Mesmer au langage mystique,
Qui guérissent nos maux dans un baquet magique,
Et qui dans l'huître humaine, ô miracles nouveaux,
A la place du mal, ont trouvé des joyaux !...
Plus haut trône un ministre au sein de son cortége,
Vêtu de la toison du troupeau qu'il protége.
Comme un astre il répand sur l'adulation
De sa gloire naissante un bienfaisant rayon.
Plus loin vient un Dandin sous le manteau d'Ulysse.
De mensonges dorés affublant la Justice,

Il sait à force d'art, de logique et d'esprit,
Changer Caïphe en christ et Socrate en bandit ;
S'enrichir en vendant aux pauvres des sentences,
Faire à son gré pencher de Thémis les balances,
Et réhabiliter l'horrible Iniquité
En laissant dans son puits crier la Vérité.
O prodige ! A sa voix, Thémis en courtisane,
Peut vendre ses faveurs dans le temple au profane !
En courbant sur ses pas mille fronts orgueilleux,
Plus loin, un doux prélat, s'avance radieux
Par un chemin de fleurs, dans l'or et dans la myrrhe,
Et d'un peuple à genoux bénit le saint délire.
Puis, échappant bientôt à ce transport mondain,
Il remonte à grands pas l'épiscopal Eden.
Là, le front dans les cieux, comme un simple brahmane,
Il attend humblement que descende la manne
Sur la table bénie où le souffle divin
Vient, comme dans Cana, changer la pluie en vin !

C'est l'heure du dîner. Des troupes empressées
Couvrent de mets nouveaux les nappes damassées,
Font ruisseler sans cesse, amoncellent sans fin,
Dans les plats ciselés, le cristal et l'or fin,
Les dons les plus exquis que la Toute-Puissance
Fait naître sous le ciel dans sa caresse immense.
Puis bientôt tour à tour dans ces Eldorados,
En dégustant l'aï, le pomard, le bordeaux,
Chaque élu porte un toste à sa plus chère idole.
— Buvons, ô mes amis, buvons au monopole !
Ce monde n'est qu'un bois régi par l'appétit
Où le grand animal doit manger le petit,
Dit le Dol engraissé pendant que l'aï coule ;
Tout seigneur ici-bas doit exploiter la foule !
— Je bois au souverain, à son autorité !
Ajoute le Pouvoir avec solennité ;
Puis raillant au festin, ordonnant qu'on l'écarte,
Le peuple amphitryon qui doit payer la carte,

Il prodigue avec grâce, en nouveau Lucullus,
La part des affamés à ses hôtes repus.
— A son tour le prélat, devant la blanche nappe,
Renouvelle des saints la fraternelle agape,
Et rumine en rêvant aux délices du ciel
Des humbles d'ici-bas le pain... spirituel !
Enfin le guerrier boit aux succès de Bellone,
A la fureur d'Achille, au monarque qui tonne !
Là tous, d'après leur foi, leurs goûts, leurs passions,
En l'honneur de leur dieu font des libations,
S'enivrent d'allégresse à la place choisie
Où la Fortune à flots leur verse l'ambroisie,
Et fait profusément circuler tous les jours,
Sans les vider jamais, des plats nouveaux toujours !
Et quand de ces élus enfin l'âme se noie
Au fond des coupes d'or ; quand leur regard flamboie ;
Quand le divin nectar fait éclore autour d'eux
Les lascives Chansons au vol harmonieux,
La Fortune folâtre, en couronnant leurs têtes,
De nouveau les emporte à de nouvelles fêtes.
En rêvant à Paphos, les uns, malgré les ans,
Vont chercher chez l'Amour des plaisirs plus ardents ;
Imitant Jupiter, amoureux des mortelles,
Ils empruntent au cygne et la voix et les ailes,
Et vont, enveloppés dans l'ombre de la nuit,
Au sein des dénûments, dans un humble réduit,
Dérober à sa mère, à sa joie, à son rêve,
La vierge folle, hélas ! la pauvre fille d'Ève
Qui parut parmi nous un jour comme un rayon,
Et qu'on a vu courir après l'Ambition.
Puis bientôt, triomphants, ils emportent leur proie
Dans un nid de dentelle aux longs rideaux de soie,
Et là, brûlant des feux de Cythère venus,
Leur amour refleurit au souffle de Vénus !
D'autres prêtant l'oreille aux onduleux arpéges
Soudain en bondissant, s'élancent de leurs siéges
Vers l'essaim de beautés qui tourbillonne au bal.

Le frémissant archer a donné le signal.
Déjà l'amant titré, plein d'une ardente flamme,
Emporte en frissonnant d'un petit clerc la femme,
Appuyé sur un sein gonflé de doux soupirs,
Il y boit à longs traits l'ivresse des désirs,
Et l'amante, à son tour, dans le bras qui l'enserre
Sur les pas du Plaisir glisse dans l'adultère !
De cet olympe enfin les hôtes fortunés,
De pampre, ou de laurier, ou de fleurs couronnés,
Savourent à loisir au milieu des délices
De la terre et du cœur les suaves prémices.

CHANT DEUXIÈME.

I.

Mais pendant que ces dieux à l'éternel festin
Célèbrent les faveurs d'un généreux destin ;
Pendant que ces élus se changent en silènes
Parmi les plats fumants, les ris, les coupes pleines,
Et que sur un sopha la timide Cypris
Leur livre en rougissant les trésors des houris ;
Pendant que des grandeurs austères et joufflues,
Au bal, parmi les fleurs et les épaules nues,

Se gorgent au profit des humbles d'ici-bas
De sorbets, de gâteaux, de crèmes, d'ananas,
En fermant leur oreille à tout cri lamentable
En repoussant du pied Lazare sous la table ;
Pendant que l'Égoïsme assis sur un tas d'or
Au sein de l'abondance avec bonheur s'endort,
Au dehors l'Hiver pleure ! Et ses larmes glacées
Dégouttent sur le sol des cases crevassées,
Où son souffle fougueux sous l'aile de la nuit,
Assaille en mugissant le pauvre qu'il poursuit !
Là dorment entassés, sous des loques fétides,
Du Labeur exigeant les troupes intrépides.
L'âpre Nécessité sonne au loin le réveil.
Soudain ces fils de Job terrassent le sommeil.
Puis sous le clair sarrau que le givre transperce,
Ils vont, en grelottant sous la bise et l'averse,
Sur les mers, dans les champs, la mine et l'atelier,
Reprendre du travail le fatigant collier.
Alors l'Ambition qui, toujours éveillée,
Vient de faire assister sa suite émerveillée
Aux fêtes des puissants, vers un monde nouveau
Dirige les regards de son jeune troupeau.
— Regardez bien, dit-elle, à vos pieds dans la plaine,
Le grand théâtre humain change sa mise en scène.

II.

Là dans les champs muets, froids, arides, déserts,
Où l'arbre nu se tord sous les souffles des airs ;
Où l'agaric impur et la ronce et l'ortie
Font une plaie horrible à la terre endormie,
Un laboureur robuste, au visage bronzé
Où d'un doigt vigoureux la nature a creusé
Les rides d'une forte et vaillante énergie,
Aux champs ingrats qu'il aime accourt donner sa vie !
Il vient ressusciter les inertes marais

Et métamorphoser les landes en guérêts ;
Puis féconder la terre à la brune mamelle,
La rendre plus prodigue et plus jeune et plus belle.
Il s'avance et ses bras sur le sol paresseux
Dirigent sa charrue au pas de ses grands bœufs.
Mais la terre endurcie, et revêche, et sauvage,
Rejette avec fierté l'instrument qui l'outrage ;
Au lutteur qui l'éveille et qui la rajeunit
Elle oppose son flanc de glace et de granit ;
Le dur caillou caché dans la glèbe rebelle
Sous le tranchant du soc lutte, crie, étincelle !
Pourtant le laboureur avance et d'un bras fort,
Il creuse des sillons et des sillons encor...
C'en est fait, il triomphe ; et plus douce la terre
Cède à son fier amant ! Telle une vierge austère,
Succombant dans les bras de son vainqueur jaloux,
Elle offre son flanc chaste à son nouvel époux.
Déjà son sein palpite !... Et plus jeune et plus belle,
Elle aspire à porter une moisson nouvelle !

III.

Tandis que le semeur épanche à pleine main
Sur le sol réveillé, dans les sillons, le grain,
Ici, des noirs mineurs les tribus diligentes
Montent d'un pied hardi les montagnes géantes ;
Semblables aux Titans escaladant les cieux,
Ils vont de roche en roche au sommet orgueilleux
Qui dort dans un manteau de neiges éternelles.
Ils bravent mille morts et leurs pieds sont des ailes.
Du globe ils ont gravi les derniers échelons
Et la foudre en grondant s'abat sous leurs talons ;
Et les cités au loin, les cités pleines d'hommes
S'agitent sous leurs pieds comme des nids d'atomes !
Alors de ces hauteurs où l'aigle audacieux,
Dans son vol, a pu seul aborder avant eux,

Ils se sentent plus grands que la foule hautaine
Qui dédaigne d'en bas leur œuvre surhumaine !
Ils s'avancent. Déjà paraît le noir champ clos
Où vont se dérouler leurs pénibles travaux.
La Science les guide. A leurs humbles cohortes
Du monde ténébreux elle indique les portes.
— Regardez, leur dit-elle, en bas, à vos côtés,
Ces monts muets et nus, aux sauvages beautés ;
C'est là que la Nature, âpre et laborieuse,
Sans relâche accomplit l'œuvre mystérieuse ;
C'est là que ses agents, l'Eau, le Temps et le Feu
Travaillent dans la nuit au grand œuvre de Dieu ;
C'est là qu'elle entassa d'une main virginale,
Sous le scellé divin, le fer, l'argent, l'opale.
Entrez ! De son empire explorez les palais !
De vos nobles efforts j'attends tous mes succès !
Ouvrez le gîte avare où dorment ses richesses,
Et forcez cette vierge à faire des largesses.
Sans vous tous les trésors à ses flancs attachés
Périraient dans la roche où Dieu les a cachés !
Partez ! car l'Industrie, en merveilles féconde,
Attend tous ces trésors pour embellir le monde !
En achevant ces mots la Science, d'en haut,
Aux mineurs rassemblés vient commander l'assaut.

IV.

Le gouffre est là, béant, noir, suspect et farouche
Comme un monstre rapace ; ouvrant sa vaste bouche
Où, sans en mesurer l'horrible profondeur,
Va se précipiter le bataillon mineur.
Tous au bord de l'abîme accourent en famille :
Le père avec ses fils, la mère avec sa fille ;
Tous d'une voix touchante adressent leurs adieux
Aux champs, à leur chaumière, aux doux rayons des cieux !
Pour remonter, le soir, après l'ardente lutte,

Au village, un instant ; y bâtir une hutte,
Y nourrir leur vieux père et leurs jeunes enfants,
Dans cette tombe noire ils s'enterrent vivants !

V.

A peine ont-ils plongé dans ce nouvel Erèbe,
A peine de leurs pics ont-ils mordu la glèbe
Que leur lampe fumeuse, au milieu d'un brouillard,
Leur montre un gigantesque et sinistre vieillard.
Le Styx baigne ses pieds, et sa tête chenue,
Se dressant sur le sol, va défoncer la nue ;
Sur son front hérissé de genêts, de buissons,
L'homme avec sa charrue a creusé des sillons ;
Sur son immense épaule et son torse de houille
Il porte fièrement tout un monde qui grouille ;
Dans sa bouche un torrent roule, écume et mugit,
Et dans sa main flamboie un glaive de granit.
Seul, et toujours debout, comme Asraël il garde
Les biens que la Nature a commis à sa garde.
Au groupe qui le heurte il adresse ces mots :
— Ne cherchez plus ici, maintenant, de repos,
O mineurs insensés ! puisqu'en votre délire
Vous osez aborder le seuil de mon empire,
Et soulever encor de vos doigts indiscrets
L'enveloppe d'airain qui couvre mes secrets !
Comptez tous les fléaux, frémissants de menaces,
Que ma haine suscite à vos folles audaces ;
Sachez qu'en cet enfer vous serez condamnés
A vaincre tous les maux dont souffrent les damnés ;
Sachez qu'en cette nuit où descendent vos âmes
Le Grisou dans son antre, allumant d'âpres flammes,
Les flots engloutisseurs et les rochers pendants
Déjà sur vos chemins dressent leur guet-apens ;
Et que d'un bouge infect la Fange empoisonneuse
S'apprête à vous cracher sa bave venimeuse.

Avant de parcourir le sombre corridor
Qui conduit au palais où j'ai caché mon or,
Vous aurez à franchir des abîmes sans nombre
Où rôdent en hurlant tous les monstres de l'ombre !
Là branle une ruine où déjà par millions
J'ai décimé les preux de vos noirs bataillons :
J'y briserai vos os, j'en ferai ma pâture ;
Vous mourrez sous ma dent, là, seuls, sans sépulture !
Aucun être chéri dans ces horribles lieux
Ne viendra recueillir vos suprêmes adieux !
Rien ne répétera de vos âmes stoïques
Les combats surhumains et les luttes épiques !
Nul écho sur ce globe à vos foyers déserts
Ne dira les tourments que vous avez soufferts !

VI.

Mais, hélas ! c'est en vain que ce colosse exhale
Son immense colère et sa haine infernale.
Sans mesurer le gouffre entr'ouvert sous leurs pas,
Déjà tous les mineurs, avides de combats,
Plongent, nouveaux Jonas, pleins d'une noble audace,
Dans le ventre effrayant de la Mine vorace.
Suspendue à leur tête une étoile de feu
Guide leur marche hardie en ce sinistre lieu,
Où, pour égide, ils n'ont qu'une planche fragile
Qu'assaillent de leur poids cent colosses d'argile.
Déjà leurs bras armés de marteaux, de leviers,
De coups retentissants frappent les rocs altiers.
Comme des dents de fer leurs pics mordent la terre,
Et creusent dans son sein une profonde artère.
Rien ne peut ralentir leurs coups multipliés,
La Terre s'en émeut et frémit sous leurs pieds.
Mais bientôt sa puissance, un instant alarmée,
Se redresse en toisant la taille du pygmée
Qui, seul, a provoqué son superbe dédain,

Et ses flancs indignés rejettent au lointain
Ce frêle antagoniste avide de batailles
Qui vient de s'agiter dans ses vastes entrailles !
Il tombe !... et du vaincu la Terre boit le sang !...
Mais sur l'âpre poussière où son corps est gisant
Ce vaincu sent qu'un Dieu le touche de son aile :
Comme Antée, il retrouve une vigueur nouvelle ,
Et comme ce géant qu'une chute a grandi,
Il se relève enfin plus fort et plus hardi.
Cependant c'est en vain que ce mineur infime
Contre la Terre altière avec ardeur s'escrime ;
En vain son bras armé contre elle se raidit ;
Le pic aigu s'émousse et l'acier rebondit
Sur les muscles de fer, sur le torse rebelle,
Sur les os de granit de l'immense Cybèle !
Notre héros s'étonne, il s'arrête haletant,
Jette son arme et puis se recueille un instant.
— Cesse de déployer ton humaine impuissance !
Semble soudain d'en haut lui crier la Science.
Pour combattre la Terre, ô sublime lutteur,
Cours arracher la foudre aux pieds du Créateur !
Armes-en ton bras fort. Dans ta main irritée
Mets ce glaive divin. Deviens un Prométhée !

VII.

Alors abandonnant le ténébreux séjour
Le mineur, à ces mots, remonte vers le jour ;
Puis d'un pied léger vole au sommet de la terre.
Là flamboie, hurle, éclate une immense colère ;
En menaçant le Ciel, un sinistre volcan
Semble y recommencer la lutte du Titan.
Sur ses flancs déchirés coule une ardente lave
Qui semble de Satan être l'immonde bave ;
Sa bouche horrible crache à la face de Dieu
Des rochers calcinés et des torrents de feu

Qui, retombant du ciel en effroyable pluie,
Allument sur la terre un immense incendie,
Où cent langues de feu défendent d'approcher...
Cependant le mineur monte sur ce bûcher...
Tandis qu'avec fureur sur la terre ébranlée
La flamme autour de lui se dresse échevelée !
Et qu'au loin, sous ses pieds, le conquérant vanté
Baisse son front superbe et fuit épouvanté ;
Tandis que la Nature, en sublime martyre
Se tordant sous la lave, à ses côtés expire,
Lui, l'ouvrier obscur, s'achemine sans bruit
Vers le géant de feu, dans l'ombre de la nuit
Où la Lune n'entr'ouvre, hélas ! son œil d'opale
Que pour montrer l'horreur d'une route infernale.
Il s'avance, et déjà du noir volcan debout,
Il aborde en chantant le large flanc qui bout ;
Puis, défiant la mort, il plonge dans ce gouffre...
Là, pour tremper son arme, il recueille du soufre.
Bientôt de cet enfer il sort ; et, radieux,
Ployant sous sa moisson, il revient sous les cieux.
Comme un humble alchimiste animant les matières,
Seul, dans un coin fétide, au fond des nitrières,
En mariant le soufre au nitre impétueux,
Qu'il vient de dérober à la foudre des dieux,
Il refait les éclairs qui vont vaincre la terre ;
Comme un sombre Génie il forge le tonnerre.
Puis comme ce héros du vieux monde romain
Qui portait fièrement la guerre dans sa main,
Il reprend son essor vers l'arène des Mines ;
Il y vient revêtu de ses armes divines,
Rappeler au combat les Rochers insolents
Qui tantôt se riaient de ses coups impuissants.
Déjà l'opiniâtre et brûlante tarière
Pénètre en tournoyant dans les os de la Terre ;
Déjà sous le marteau l'infatigable acier
S'enfonce comme un dard au sein du roc altier ;
Soudain, le flanc meurtri d'une profonde entaille,

La Terre se réveille et de douleur tressaille ;
Elle gronde à l'aspect du petit être humain
Qui bourdonne et s'agite encore sur son sein.
Mais cette grande voix qui menace et qui tonne
N'émeut point le mineur, hélas ! que rien n'étonne !
Semblable à Jupiter saisissant ses carreaux,
Seul au fond de sa nuit, notre vaillant héros
Accourt la foudre au poing. Sa torche est allumée.
Tout à coup l'éclair brille, une épaisse fumée
Dérobe à tous les yeux ce rustique Titan ;
Un nuage funèbre autour de lui s'étend,
Et comme des lions qui dans la nuit rugissent,
Dix tonnerres ensemble à ses côtés mugissent...
Sous le pied vigoureux qui dans l'ombre l'étreint
La Terre alors fléchit dans son palais d'airain,
Où la foudre en sortant des bras du noir Xintrailles,
Vient de lui déchirer, en hurlant, les entrailles.
Mais devenant terrible en sentant dans ses chairs
Rouler de son vainqueur les flamboyants éclairs,
Elle évoque aussitôt contre ce preux infime
Tous les spectres hideux qui naissent de l'abîme !
Autour de lui déjà de sinistres échos
Des rochers démembrés répètent les sanglots ;
Du monde souterrain les noirs palais de houille
S'ébranlent sous les coups du mineur qui les fouille,
Et de leurs lits chassés tous les blocs monstrueux
Se penchent, menaçants, sur cet audacieux.
Graquant de toutes parts déjà la voûte épaisse
L'étreint dans ses bras lourds, et sur son front s'affaisse.
Hélas ! dans un instant ce héros épuisé
Sous les rochers croulants va périr écrasé !
A ce moment d'angoisse, à cette heure suprême,
Il songe à ses enfants, à la femme qu'il aime,
Et qui tous, comme lui, pour un peu de pain bis,
Une amère boisson, quelques grossiers habits,
Sont venus arracher dans un combat sublime
Le fer, la houille et l'or aux griffes de l'abîme !

Ils sont là, palpitants, sur le sol étendus,
Et cent blocs par un fil sur eux sont suspendus !
Cependant le mineur un instant, comme Hercule,
Soutient la voûte énorme... et le danger recule !
Mais tandis qu'il se tord sous ces affreux plafonds,
Les flots qu'il a chassés de leurs antres profonds,
Comme un fleuve échappé du Cocyte farouche,
Escaladent d'un bond leur ténébreuse couche ;
Puis, écumants de rage, ils jettent un étang
Dans la mine où travaille un héroïque enfant.
Tout à coup celui-ci sent l'onde souterraine
Qui vers un gouffre horrible en mugissant l'entraîne ;
Son pied glisse... il enfonce... et tout secours a fui,
Et l'abîme en hurlant va se fermer sur lui.
Mais le mineur accourt. A l'onde qui tournoie,
Au torrent ravisseur il dispute leur proie ;
Il reconnaît son fils et dans le flot maudit
Il plonge en appelant son cher ange qui fuit!
Vains efforts !.. Le torrent écumeux et vorace
De l'enfant qu'il dévore efface toute trace !...

C'en est fait !.. Incliné sous ses malheurs nouveaux,
Il suspend un instant ses pénibles travaux ;
Cherchant un souvenir dans sa tête penchée,
Il songe à l'humble fleur à son âme arrachée ;
Il pleure sur son fils, puis au roc attendri
Il raconte la mort de cet être chéri !

. . . .

VIII.

Mais déjà du chantier la cloche impitoyable
Rappelle au dur labeur ce père misérable.
Au prolétaire en deuil le rigide Devoir
Permet à peine, hélas ! de pleurer jusqu'au soir !...
Comprimant, étouffant dans son âme ulcérée

De sa vive douleur la grande voix sacrée,
Il brandit de nouveau ses outils acérés
Vers l'argile et les blocs contre lui conjurés.
A peine a-t-il frappé la Terre encor rétive
Qu'au lointain, dans la Mine, une autre voix plaintive
L'implore de nouveau. C'est son dernier enfant
Qui contre le Grisou dans un coin se défend.
Une torche à la main ce spectre aux ailes sombres
Est sorti tout fumant du milieu des décombres,
En faisant éclater de longs rires stridents !
Il porte l'incendie ! Et mille feux ardents,
Se frayant vers le ciel une infernale route,
Avec rage et fracas vont effondrer la voûte.
Tout s'écroule soudain dans un gouffre d'horreurs !
Seul le mineur y vole, et brisé de douleurs,
Combattant dans la nuit, sous une âpre torture,
Les esprits ténébreux qu'enchaîna la Nature,
Il y vient arracher au Grisou qui le mord
Son enfant bien-aimé qu'étreint déjà la mort !
Mais il accourt en vain. Le spectre délétère
Le saisit à la gorge et le jette par terre.
Cependant, à genoux, il parcourt cet enfer
Où sa dernière joie, où l'enfant de sa chair,
En prononçant son nom vient d'exhaler son âme !...
Il fouille, mais trop tard, les antres de la flamme !...
Il ne retrouve plus qu'un cadavre noirci
Qui semble lui crier : — Nul ne respire ici !

IX.

Tandis qu'il se débat sous la dent de la flamme
Qui vient de dévorer le trésor de son âme,
Au loin d'autres mineurs, comme lui condamnés
A subir les tourments réservés aux damnés,
Cherchent dans la fournaise où le feu les enserre
La porte de salut qui s'ouvre sur la terre.

Là, poussant jusqu'au ciel de vains gémissements,
Dans un chemin de feu tout pavé d'ossements,
Seule, une pauvre folle, errante, échevelée,
Refuse de quitter la mine désolée.
C'est la femme aux pieds nus qui dans ces noirs tombeaux
Sacrifie au Labeur tous ses jours les plus beaux ;
C'est la jeune héroïne et la sublime mère,
Qui vint en renonçant aux fêtes de la terre,
Déchirer sur le roc, comme les pélicans,
Son sein gonflé d'amour, pour nourrir ses enfants !
Comme cette autre mère, hélas ! qui dans Florence,
N'écoutant que son âme et sa tendresse immense,
Vint chercher son enfant en implorant les dieux
Sous la griffe et la dent d'un lion furieux.
Elle se précipite au milieu des décombres
En interrogeant tout, Dieu, la Mort et les Ombres ;
En défiant la flamme et les flots effarés,
Elle demande aux cieux ses enfants égarés !
Mais rien n'entend la voix de sa grande infortune,
Excepté le Grisou que l'angoisse importune !
Rien ne répond, hélas ! à la voix de son cœur,
Rien !... qu'un lugubre écho, grimaçant et moqueur !...

X.

Cependant au lointain une phalange entière
A retrouvé le püits qui mène à la lumière.
Déjà dardant ses traits sur l'antre ténébreux,
Comme un libérateur le Soleil vient vers eux ;
De bienfaisants Zéphirs, ouvrant leurs fraîches ailes,
Leur rapportent l'espoir et des forces nouvelles.
Sur leurs corps ranimés la santé refleurit,
Et la foule d'en haut à leur aspect sourit.
Mais avant de quitter ces tristes catacombes
Que la Terre irritée a sillonné de tombes,
Ils tournent leurs regards par la douleur voilés

Vers les débris fumants, les gouffres désolés,
Où leurs frères vaincus par des travaux immenses
Sont tombés en laissant au monde leurs semences ;
Ils s'arrêtent, pensifs, sur le chaos affreux
Pétri de chair et d'os et de pleurs généreux,
Où le peuple martyr pour assouvir la Terre
Goutte à goutte a vidé sa veine prolétaire,
Et qui maintenant froid, sommeille enseveli
Dans les sombres déserts de l'éternel oubli !...

. . . .

Néanmoins autour d'eux, l'âme encor tout émue,
Ils contemplent la Terre éventrée et vaincue,
Qui dans l'espace, au loin, fait redire aux échos
Sa honteuse défaite et ses tristes sanglots.
Sous leurs pas triomphants gît le colosse informe
Qui comme Atlas portait sur son échine énorme
Une zone du monde. Il est là sous leurs pieds
Essayant de cacher ses membres foudroyés.
Son crâne est en éclats... Et de sa veine ouverte,
Et de son sein béant, sur une terre inerte,
Roule aux pieds des vainqueurs un immense butin,
Tombent tous les trésors d'un monde souterrain !

XI.

Enfin pour achever leur tâche surhumaine
Les mineurs viennent tous, inclinés sous la peine,
Hisser avec effort vers la voûte des cieux
Les fruits de leur travail, leurs fardeaux précieux ;
Tous viennent déposer aux pieds des Industries
Et le marbre et le fer, l'or et les pierreries.
Semblables dans leur gloire à l'illustre Jason,
Ils dotent leur pays d'une riche toison.
Alors tous ces héros d'une lutte féconde,
Debout sur le butin qui sous leurs pieds abonde,
Et qui leur a coûté les fleurs de leurs printemps,

Et leur sang le plus pur, et leurs plus chers enfants,
Au lieu de célébrer leur utile victoire,
Ne viennent demander, hélas ! pour tant de gloire
Qu'un peu de pain de seigle et de laitage aigris !
Pourtant ils sont plus grands sur ces riches débris
Que le grand Scipion dans Carthage brûlée,
Car d'un sang innocent leur main n'est point souillée,
Et n'a dépouillé là qu'un roc au cœur de fer
Et que semble en ces lieux avoir vomi l'enfer !...

CHANT TROISIÈME.

I.

Tandis que les mineurs tour à tour dans les plaines,
Sur les haldes des puits vidant leurs larges bennes,
Entassent le cobalt, la houille, les métaux,
Le porphyre et l'albâtre et les rares cristaux,
Pour achever leur œuvre, ouvrant ses vastes lices,
L'Industrie à son tour prépare ses milices.
Tout un peuple à sa voix, déjà, dans l'atelier,
A repris, humblement, du labeur le collier.
Chassant de son cerveau les folles rêveries,
Ce vaillant Briarée aux cent mains amaigries,
S'apprête à purifier au feu de ses fourneaux
Des minerais épars le splendide chaos ;
Et dans l'atelier sombre, ainsi que les abeilles,

Il vient pour accomplir d'innombrables merveilles.
Son allure est modeste, et comme escorte, hélas !
La Pauvreté toujours accompagne ses pas,.
Et son corps décharné porte comme cilices
Des vêtements grossiers aux nobles cicatrices.
A la Fortune avide, à des maîtres ingrats,
Il donne ses talents, sa liberté, ses bras,
Et sa part de soleil, et ses enfants qu'il aime ;
Il renonce à la vie, il renonce à lui-même.
Il passe parmi nous toujours tendant le dos,
Et son front incliné sous d'éternels fardeaux,
Et son œil fatigué d'abrutissantes veilles
Du Créateur jamais n'a connu les merveilles !
Sans changer son destin, sans espoir de beaux jours,
Comme le Juif maudit il s'agite toujours ;
Et c'est dans l'âpre cercle et la stagnante ornière
Qui borne son étroite et pénible carrière.
Comme l'oiseau captif qui chante, résigné,
Dans sa cage de fer son sort infortuné,
Il ne respire, hélas ! les rayons et les roses
Qu'au travers des barreaux des ateliers moroses !
De l'homme, cependant, qui passe dans les pleurs,
Sans cesse il adoucit les poignantes douleurs ;
C'est l'humble bienfaiteur, le modeste génie,
Qui les pieds nus parcourt les chemins de la vie,
Pour émonder l'épine et répandre le miel
Sous les pas des heureux dont il ouvre le ciel !
Ses mains pleines enfin, en tous temps sur le monde,
S'ouvrent pour épancher une source féconde,
Et de ses bras chargés de présents merveilleux
Tombent tous les trésors que l'homme envie aux dieux !

II.

Déjà ce Peuple fort que l'Industrie attelle
Au char prodigieux d'où le bonheur ruisselle,

Invente et lutte et sue èt s'agite en tous sens
Pour prodiguer à tous ses précieux présents.
Chaque jour, en tous lieux, sa tâche recommence.
Là l'Usine aux cent voix, comme une ruche immense,
De mille bruits confus, de mille bruits divers
Fait retentir la rue et les champs et les airs.
Notre peuple y combat. D'une forme plus fière
Il y vient revêtir la roche encor grossière.
Là dans la forge ardente où les chênes martyrs
Achèvent leurs longs jours par de féconds soupirs,
Il vient, nouveau Cyclope, épurant la matière,
Sur l'enclume où Vulcain a forgé le tonnerre,
Changer les blocs terreux en précieux lingots.
Transformant à son gré sous ses pesants marteaux
La gueuse encore impure et le métal revêche,
Il pétrit mille outils, l'étau, le soc, la bêche,
Qui bientôt couvriront le désert inhumain
De moissons et d'abris où sourira Demain.
Enfin sa main calleuse y forge aussi l'épée
Avec laquelle Achille écrit son épopée !

III.

Plus loin ce Peuple agile, évoquant un grand art,
Communique son âme au métier de Jacquard.
Comme un puissant Génie il y métamorphose
La dépouille d'un ver en éclatante rose (1),
En gaze frissonnante, en velours, en satin ;
Le brin d'herbe à son tour y devient sous sa main
L'aile immense qui porte au lointain le navire
Et la couche embaumée où la vierge soupire.

(1) Les fruits, les fleurs, les tableaux les plus célèbres sont imités
avec la plus minutieuse précision par l'art du tissage.

IV.

Ce lutteur patient, sans se lasser jamais,
Demande chaque jour aux Arts d'autres succès.
Au fond des ateliers, dans sa marche féconde,
Il fait de la matière éclore un nouveau monde ;
Là ses aides puissants, l'eau, le fer et le feu,
Dociles sous sa main, refont l'œuvre de Dieu.
Nouveau Beseléel, la suprême puissance
Remplit, guidant ses bras, son front d'intelligence
Pour que le fer dompté, les métaux ennoblis,
Les soyeuses toisons, les cristaux embellis,
Et le marbre et l'ivoire et de l'arbre les tiges
Enfantent sous ses doigts d'innombrables prodiges !

V.

Mais combien vont coûter de larmes, de sueurs,
Ces chefs-d'œuvre nouveaux, ces tissus enchanteurs !
Autour des noirs métiers qu'animent mille abeilles,
Dont les doigts diligents font naître des merveilles,
Des êtres tout petits, faibles et décharnés,
Aux durs travaux de l'homme ont été condamnés !
Pauvres anges-martyrs, vierges à peine écloses,
Que Dieu dans sa bonté créa comme les roses
Pour croître et se former au rameau maternel,
Et pour s'épanouir dans les rayons du Ciel !
— Vendez-moi les beaux jours de vos jeunes années,
Dit l'avide Industrie à ces infortunées,
Et je vous donnerai pour prix de vos printemps
Le pain que le Seigneur doit à tous ses enfants !
Puis soudain, sans pitié, cette austère déesse,
Coupant les ailes d'or de leur tendre jeunesse,
Les arrache à leur mère ; et, dans ses ateliers,

Les enferme et les force à porter nos colliers !
A l'âge où les enfants rêvent de douces choses,
Ces filles du bon Dieu sont pâles et moroses ;
A cet âge où la vie est un jardin en fleurs,
Elles ont nos soucis, nos soins et nos douleurs !
Semblables à la plante au parterre arrachée
Et qui nourrit le sol de sa fleur desséchée,
Elles vont se flétrir en nous donnant leur miel
Sur les pavés fangeux du cloître industriel !
Ces vierges cependant que le labeur dévore,
Ces anges aux pieds nus n'ont point fait mal encore,
Ils n'ont point mérité le fardeau des pécheurs,
Et de mordre, comme Eve, au pain amer des pleurs !

VI.

Mais tout n'est pas fini. — Du haut du promontoire
Dont l'Ambition fait son vaste observatoire,
Nos héros ingénus qui, d'un œil étonné,
Viennent de voir à l'œuvre un monde infortuné,
Désirent suivre encor l'athlète populaire.
Ils vont le retrouver, là, dans une autre sphère.

Orphée a fait descendre, aux accents de sa voix,
De la cime des monts les rochers et les bois,
Et le luth d'Amphion éleva dans la plaine
Les murs prodigieux de l'enceinte thébaine.
Ce qu'ont fait les accords d'un sublime chanteur
Le Peuple l'exécute : il est un enchanteur !
Quand des Arts il agite en ses mains la baguette,
Les rocs ressuscités désertent leur retraite ;
Le chêne au vaste front, le pin jouet des vents,
L'érable harmonieux et les cèdres géants
Quittent la couche ombreuse où grandit leur enfance;
La montagne à son tour, abaissant sa puissance,
Vient offrir les trésors que recélait son flanc !

Enfin tout obéit au Peuple diligent.
Il marche et sur ses pas se rangent les obstacles
Pour voir dans l'impossible éclater ses miracles !

VII.

Là, le Commerce en butte à la fureur des flots,
Sous la dent des Rochers voit broyer ses vaisseaux.
Et l'Abîme est béant, il va saisir sa proie ;
Il bondit... et la Flotte entend sa sombre joie !
Au pied des rochers nus où l'homme a fait son nid,
Un grand Port protecteur au giron de granit
Ne défend point encor contre l'âpre tourmente
La Flotte qui gémit, supplie et se lamente.
Le Peuple vient... Bientôt, sous le poids de vingt monts,
Il repousse les flots dans leurs antres profonds.
Il assaille l'Abîme, et le dompte, et l'enchaîne,
Et des flots à nos pieds fait expirer la haine !
En vain dans sa fureur l'Océan rebondit,
En vain sa bouche écume, en vain sa voix mugit,
Comme un colosse armé d'un bouclier immense,
La Ville en le bravant résiste à sa démence !
Et la Rade demain, se dressant sur les flots,
Offrira son refuge à tous les matelots ;
Et les vaisseaux, vainqueurs de l'onde mugissante,
S'y trouveront bercés par l'onde caressante.

VIII.

Mais pendant que le Peuple aux pieds de la cité
Enchaîne l'Océan, vieux lion irrité ;
Pendant qu'il jette autour de cette âpre colère
D'un quai libérateur les deux grands bras de pierre,
Après avoir plané sur les ailes des vents,
Des torrents destructeurs descendent menaçants

3

De la nue aux flancs noirs et du front des montagnes ;
Ils frappent de terreur la ville et les campagnes,
Dépeuplent nos foyers et pillent nos moissons !
Alors ce peuple accourt... Les torrents vagabonds
S'arrêtent consternés, dans leur course sauvage,
Devant l'humble qui vient emprisonner leur rage !
Bientôt les flots captifs, à ses ordres soumis,
Deviendront sous sa main de précieux amis.
Déjà dans cent canaux l'onde rafraîchissante,
Ici, verse à nos champs sa fraîcheur bienfaisante ;
Là, quittant doucement son large lit fangeux,
Elle se purifie en montant vers les cieux ;
Se changeant en saphir cette nymphe docile
Par cent bouches d'airain désaltère la ville !

IX.

Plus loin dans la forêt où vont rôder les loups,
Agitant sa cognée aux formidables coups,
Le Peuple aux bras nerveux comme un athlète sombre
Fauche les bois géants au fond du val plein d'ombre.
Puis, bientôt, ranimant ces colosses vaincus,
Ces chênes renversés, ces grands pins abattus,
De leurs membres épars il construit l'arche immense
Qui sur les gouffres joue en bravant leur puissance,
Et d'où l'adroit marin, en maîtrisant les airs,
Et l'écueil et les flots, devient le dieu des mers.

X.

Maintenant retournons au pied des roches grises
Où le vieil Océan, sous le souffle des brises,
Secoue avec fureur sur les galets brillants
Sa crinière d'écume et de flots aboyants.
Là, penché sur l'abîme, au sein mouvant des sables,

Branle un squelette nu de huttes misérables,
Où le vent vient jeter ses sinistres sanglots :
C'est la pauvre demeure, hélas ! des matelots.
Ils dorment... Mais déjà, rassemblant ses cohortes,
Le Commerce, haletant, vient frapper à leurs portes.
Qu'entends-je ? Il les appelle, il leur parle. Ecoutez !
— Réveillez-vous, dit-il ; Allons, debout. Partez !
A votre dévouement, à vos soins je confie
Ma gloire et ma splendeur, ma fortune et ma vie !
Abandonnez les champs où vous avez grandi,
Et sur mes lourds vaisseaux montez d'un pied hardi !
De Neptune affrontant l'implacable colère,
Volez pour recueillir les dons de notre sphère
Au sein de la tempête ainsi que l'alcyon ;
Pénétrez dans la brume où la Terre en haillon
Enchaîne les mortels dans des prisons de glace ;
Explorez l'antre amer du squale vorace ;
Et poussez vos esquifs jusqu'aux brûlants déserts
Où l'horrible Semoun empoisonne les airs,
Où le mirage ailé dans sa course infernale
Présente au voyageur la coupe de Tantale.
Respirant du grand Chien les souffles embrasés,
Ou du ciel boréal buvant les pleurs glacés,
Ou bravant le scalpel de l'Indien sauvage,
Volez d'un pôle à l'autre, errez de plage en plage ;
Remplissez mes vaisseaux d'ambre, de cotons blancs,
Et de soyeux tissus et de myrrhe et d'encens.
Faites que des hameaux aux riches métropoles
Coulent sur mes autels les flots d'or des Pactoles ;
Que le vieil Orient aux écrins enchantés
Étale sa richesse au sein de nos cités ;
Enfin que mes vaisseaux aux carènes fécondes
Épanchent à mes pieds les trésors des deux mondes !

A ces mots les marins, préparant leur départ,
A leur modeste abri jettent un long regard ;
Et la tête baissée, et la paupière humide,

Ils songent à la place, hélas ! qu'ils laissent vide.
Puis, ô lutte sublime ! étouffant leurs douleurs,
Comprimant leur sanglots, dissimulant leurs pleurs,
Tous, une fois encor, peut-être la dernière,
Embrassent leurs enfants, leurs compagnes, leur mère,..
Et d'un pied résigné marchent vers les vaisseaux
Dont les ailes déjà s'agitent sur les eaux !

Enfin ces preux ont fui leur famille adorée,
Leur voix n'arrive plus à la rive éplorée,
Et le vent qui se rit de leurs regrets pieux
Emporte loin du port, sans échos, leurs adieux !
Pour ceux qu'ils ont quittés, leur vaisseau, dans l'espace,
Décroît, décroît toujours, et puis enfin s'efface...
Leur trace disparaît !.. Alors ces matelots
Que la rafale exile en sifflant sur les flots
Vont, en se dévouant aux Jasons intrépides,
Ravir les toisons d'or aux nouvelles Colchides ;
Ils vont, comme Colomb, en sillonnant les mers,
Chercher encore un monde à travers l'Univers !

XI.

Mais qu'entends-je, là-haut? Dans l'incommensurable,
Le vent vient d'ameuter sa horde redoutable.
Il accourt, et déjà sur les flots consternés
Il déchaîne en hurlant ses souffles forcenés.
Comme un cor de Titan, que la nature embouche,
L'espace retentit d'un grondement farouche ;
L'atmosphère est en proie aux fulminations,
Et l'Océan se tord sous un ciel sans rayons !
Au lointain une barque humble, frêle et sublime
Affronte la tourmente. Agitant sur l'abîme
Ses ailes de sapin, avec un noble orgueil,
Elle entre dans la brume en défiant l'écueil.
Un homme la conduit ; seul, dans l'ombre, il tient tête

Au tonnerre, à la houle, à l'immense tempête !
C'est le pêcheur !.. Il vient au sein des ouragans,
Délivrer de la mort les vaisseaux suppliants !
Puis, quand il a sauvé des griffes du naufrage
Les passagers tremblants et le pâle équipage,
Humblement il revient, à travers les brisants,
Faire une ample moisson de poissons succulents.
Là-bas nos Lucullus, accouchant d'un caprice,
Attendent pour dîner que son filet s'emplisse.
Et qu'importe, ô pêcheur ! ta vie à ces ventrus !
Crésus veut un turbot, eh bien ! meurs pour Crésus !
Mais avant que des mers tu deviennes la proie,
Avant que le requin te dévore avec joie,
Jusqu'à ton dernier souffle arrache les coraux
Du ténébreux abîme où rugissent les flots ;
Et pour qu'à notre table en tous temps s'amoncellent
Les mets délicieux que les vagues recèlent
En bravant tour à tour la foudre, les grêlons,
Et la dent des récifs et les froids aquilons,
Reviens là tous les jours, dans ta barque fragile,
Assiéger les merlans, les thons, la sole agile ;
Viens conquérir pour nous dans ces gouffres amers
Tous les trésors vivants de Thétis aux yeux verts.
La barque du pêcheur est la banne féconde
Qui porte au genre humain les richesses de l'onde.

Des travailleurs des mers qui marchent à la mort,
De périls en périls, hélas ! voilà le sort !

XII.

Pendant que les marins pour achever leur course,
Jusqu'aux pôles glacés ou rôde la grande Ourse,
Vont déclarer la guerre aux cétacés géants,
Et vaincre et dépouiller le roi des océans ;
Pendant que ces héros sous une humble vareuse

Opposent aux dangers une âme aventureuse;
Pendant que les pêcheurs, les modestes nochers
Vivant du lépas maigre enfoui sous les rochers,
Affrontent, sous l'éclair, le courroux de Neptume
Pour emplir les plats d'or de l'ingrate Fortune,
Rentrons dans la cité. Là, nos fils ébahis,
Sur l'œuvre de Papin jettent des yeux surpris.
Dans sa prison de fer la vapeur gémissante
Attend pour agiter dans l'air son aile ardente,
Que les bras du Labeur sillonnent l'Univers
De chemins où bientôt vont rouler ses éclairs.
Mais pour y déployer une course rapide,
Il lui faut un tapis ainsi qu'à la sylphide.
Enchaînant son essor, les ravins et les monts
Font à ses pieds légers former d'horribles bonds.
Alors le peuple accourt!.. Tout cède à son audace!
Là le mont orgueilleux tremble, croule et s'efface;
Le précipice fuit; le fleuve, épouvanté,
Se cache sous le pont que cent bras ont jeté;
Et l'abîme vaincu vient pleurer sous la voûte
Qui l'enchaîne et suspend sur son dos une route!
Enfin ce peuple habile, achevant ses travaux,
Fait naître sur l'enclume au choc de ses marteaux
La machine aux flancs noirs, le merveilleux reptile
Que l'apôtre saint Jean rêva dans l'Évangile;
Et domptant ce dragon, comme l'ange Michel,
Il en fait son esclave à la face du ciel!

Sur ses pas se déploie une carrière immense,
Et des fourneaux le rail par cent chemins s'élance.
Aussitôt la machine obéissante au frein
Vient prendre son essor comme un aigle d'airain.
En faisant bouillonner un fleuve dans son âme,
Le peuple la nourrit d'un aliment de flamme,
Puis, triomphant, l'attelle à vingt chars merveilleux,
Où tout un monde vient admirer d'autres cieux;
Où les enfants d'Adam, sur le vaste domaine

Qui vit se déchirer longtemps la race humaine,
Après bien des mille ans se retrouvent enfin,
S'abordent avec joie et se tendent la main;
Échangent leurs produits, leurs trésors, leurs merveilles
Les fruits de leur sagesse et les fruits de leurs veilles !

CHANT QUATRIÈME.

I.

Mais avant de cueillir dans les bras de la paix
Des champs qu'ils ont plantés les précieux bienfaits ;
Avant de ramasser sous l'arbre d'abondance
Quelques fruits d'or tombés de sa ramure immense,
Le peuple de la mer, des cités et des bourgs,
Vient répondre à l'appel des belliqueux tambours.
Les bras qui fécondaient les plaines nourricières
Agiteront bientôt des armes meurtrières.
Aux bienfaisants travaux de la ville et des champs
Succédera demain le tumulte des camps !
Dans sa cage de fer le lion populaire
Va laisser croître encore et griffes et crinière !
En attendant il bâille... A l'ombre du drapeau
Ce peuple se transforme en aveugle troupeau !
Renonçant à ses droits, à la liberté sainte
Du moule soldatesque il vient subir l'empreinte ;
Il vient en s'inclinant sous l'éperon d'acier

D'un bretteur parvenu, d'un conquérant altier,
Effeuiller dans le sang ses plus belles années
D'espérance et de joie et d'amour couronnées!
Tous ces braves enfants, ces dociles guerriers
Consentent en quittant leurs paisibles foyers
A devenir un jour le colosse de flamme
Chez qui la guerre étouffe et la pensée et l'âme
Pour allumer ensuite à la place du cœur
Et sa haine superbe et sa noble fureur !

Sur vos lits parfumés, dormez grands de la terre !
Le peuple fait soldat, le géant prolétaire,
Veillera jour et nuit au seuil de vos palais !
Faites des songes d'or sous l'aile de la Paix ;
Enivrez-vous d'encens, couronnez-vous de roses,
Ce peuple courageux gardant vos portes closes,
Autour de votre Eden, autour de votre ciel,
Fait flamboyer dans l'air le glaive d'Asraël,
Pour que les Spartacus aux faces amaigries
Ne viennent point troubler vos douces rêveries !

Mais quels sont donc ces bruits et ces galops lointains
Qui changent en stupeur le chant de vos festins?
Que vois-je ? A l'horizon des cohortes altières,
En poussant des hourras franchissent nos frontières.
D'horribles bataillons aux pieds nombreux et lourds
Montrent leurs vastes fronts où tonnent cent tambours ;
Et comme une hydre énorme aux sonores écailles,
De leurs bouches d'airain, bientôt, dans nos murailles,
Ils vomiront la flamme et le plomb et le fer
Au milieu de l'olympe où vous chantiez hier !

Mais que dis-je ? Là-bas, au bruit de vos alarmes,
Une troupe héroïque a revêtu ses armes !
Ce sont les fiers enfants aux grands cœurs, aux bras forts,
Dont le Pouvoir emplit ses nombreux châteaux-forts ;
Et que, dans le danger, il oppose aux tempêtes,

uand quelques Tamerlans viennent troubler ses fêtes.
e sont les fiers conscrits aux sublimes élans,
ue les peuples, hier, ont tirés de leurs flancs
our en former le mur, la forteresse humaine
ù de nos ennemis vient s'émousser la haine !..
 riches qui tremblez au murmure des vents,
ntourez vos palais de ces remparts vivants !
e la Patrie en pleurs montrez le flanc qui saigne,
éployez dans les airs un panache, une enseigne,
t ce peuple aussitôt, ce peuple fait lion,
hargeant des ennemis le sombre tourbillon,
iendra mourir pour vous au pied de vos murailles !
t c'est en vain, hélas ! que la faux des batailles
ouchera ces épis, sans cesse ils germeront
ans les guérêts sanglants où leurs corps tomberont !
près avoir écrit de leur sang nos victoires,
ls mourront dans un coin sans éclat et sans gloires !
n foudroyant ces preux, le sauvage canon
ans sa vaine fumée ensevelit leur nom !

.   .   .   .

II.

enez, les voyez-vous, déjà, dans la mêlée,
insi qu'un ouragan, sur la terre ébranlée,
ondre sur l'ennemi, rompre ses escadrons,
t forcer la Victoire à couronner leurs fronts !
ais, ô grand Dieu ! que vois-je ? Un nuage de flammes
emble sortir du choc de leurs brûlantes lames !
 douleur ! Les villas, les chaumes, les palais,
ombent avec fracas sous le vol des boulets.
a ville est toute en feu ! D'un bras sanglant, la Guerre,
Au milieu de nos murs où tout chantait naguère,
Entasse sous ses pieds en étouffant nos cris
Tous les restes fumants de nos humbles abris !

.   .   .   .

Et demain dans ces lieux en proie à la tempête
L'homme n'aura pas même où reposer sa tête..

Et l'implacable Hiver, l'Hiver au front neigeux,
A l'Automne expirant vient disputer les cieux !
Des bords infortunés où languit le Sarmate
Il accourt, et déjà sur nous sa rage éclate.
Suivi des aquilons qu'Eole a déchaînés,
Et des démons de l'air qui dans son flanc sont nés,
Il bannit le Soleil. Et sa cohorte sombre,
En nous cachant les cieux, étend sur nous son ombre!
Secouant les frimas, son souffle glacial
Change la terre en roc et les eaux en cristal ;
Croissant comme un déluge et de neige et de glace
Il enceint la nature et partout la menace !
L'homme est là, grelottant, essayant de couvrir
Ses membres engourdis: Il voit qu'il va périr !
Du froid qui croît toujours, du froid qui le harcèle
Il sent l'âpre morsure et l'étreinte mortelle !
Déjà sa chair durcit, son sang se fige au cœur !
Il implore un Génie, un Dieu libérateur...
Soudain le peuple accourt... De sa torche enflammée
Néron, dans ses loisirs, peut réduire en fumée
Nos temples, nos abris, une autre Rome encor !
Au creuset de la Guerre il peut fondre notre or !
Il peut nous jeter nus dans la ville brûlée,
Sur une terre aride et morne et dépouillée :
Le Peuple est là, debout, prêt à guérir nos maux.
Comme le Créateur, seul, au sein du chaos,
Il fait un nouveau monde. Il construit dans la plaine
L'arche qui doit encor sauver la race humaine !
Ranimant les débris gisants à ses côtés,
Les moellons épars, les bois décapités,
Les ponts ensevelis, l'Église incendiée,
Il vient ressusciter la ville foudroyée !

III.

Mais il veut plus encore. Au sein des noirs frimas
Il veut que le bonheur renaisse sous nos pas.

Là-bas à l'horizon la lumière transperce
La brume ténébreuse et la grêle et l'averse.
Dérobant au soleil ce trait libérateur,
Ce bienfaisant rayon, il jette une lueur
En dépit des frimas, à l'homme errant dans l'ombre
Le Printemps va renaître au sein de l'Hiver sombre !
Dans un jardin désert, sous un toit de cristal,
Il vient rendre l'éclat au pâle végétal,
Et sous le feu sauveur, sous un soleil factice,
La séve redevient des plantes la nourrice ;
Les tiges vers le ciel vont s'élever encor ;
Sur l'arbre reverdi reparaît le fruit d'or.
La grappe ressuscite au sein des treilles folles ;
Dans leurs berceaux les fleurs ont rouvert leurs corolles ;
Et dans l'air, se riant de la froide saison
L'insecte ailé renaît aux baisers du rayon !

IV.

Puis, comme une humble fée agitant sa baguette,
Ce peuple vient orner notre pauvre retraite.
Là, pendant que l'Hiver nous assiége dehors,
Il change en paradis nos mornes châteaux-forts :
En repoussant la nuit aux paupières humides,
Il fait jaillir soudain, dans nos salons splendides,
Une immense clarté, mille étoiles de feu !
Tel, quand Vesper paraît, s'allume le ciel bleu !
Et dans ces frais salons qu'il inonde de joie,
Qu'il pare de lumière et de fleurs et de soie,

Il passe accompagné des Plaisirs renaissants,
En semant sur ses pas d'innombrables présents !
Puis dans l'or et l'émail, dans la coupe fleurie
Que dans Sèvres ses mains ont ornée et pétrie,
Il offre à toute bouche, à tous les appétits,
Pressés de savourer les mets qu'il a conquis,
Tous les trésors éclos dans les champs sous sa bêche,
Ceux que sa main hardie au fond du gouffre pêche,
La liqueur qui jaillit des fruits d'or ou pourprés
Qu'il a soignés, nourris, adoucis, pressurés !

V.

Mais que vois-je, ô prodige ! Au milieu des merveilles
Où le peuple en courant vient vider ses corbeilles ;
Dans la salle embaumée et sous les lustres d'or
Où les Jeux et les Ris reprennent leur essor,
Ce peuple en nous livrant le ciel aux portes closes
Où l'implacable Hiver expire au sein des roses,
Veut y multiplier les transports de l'Amour,
Et que Clytie y charme encor le dieu du Jour ;
Il veut de nos Vénus enrichir la ceinture,
Et de nouveaux attraits embellir la nature !

Là, de chastes beautés, sans parures encor,
De leur grâce native étalent le trésor.
Mais cet essaim charmant, cette troupe ingénue,
Ne nous montre les traits que de la grâce nue !
Alors le peuple vient. Il va parer ces lis.
En les enveloppant dans de gracieux plis,
Il décrit les contours d'une forme divine ;
A leur cou virginal aussi blanc que l'hermine,
Il fait étinceler un collier emperlé
Qui semble de leur sein faire un ciel étoilé :
Il attache à leurs doigts l'émeraude ou l'opale.
Puis allume à leur front la pierre orientale,

Soudain tous ces amours, jetés nus sous les cieux,
A qui le Labeur ouvre un écrin merveilleux,
Remplissent nos regards d'ineffables ivresses ;
Le Peuple nous enchaîne à ces enchanteresses :
Il suspend tous nos cœurs à leurs fronts radieux !
Ainsi tout à sa voix renaît sous d'âpres cieux,
La fleur y ressuscite, un soleil y rayonne,
L'homme y chante et la femme y reprend sa couronne !

CHANT CINQUIÈME.

I.

Mais laissons un instant à son œuvre féconde
Cet Alcide humble et doux qui transforme le monde.
Remontons maintenant aux cimes du Nébos
Où nous avons quitté nos candides héros.
Ils sont là tous encor, scrutant toujours l'espace
Où de l'Humanité chaque famille passe.
Ils fouillent toujours l'ombre où chaque jour, hélas !
Viennent se révéler les choses d'ici-bas !
Ils ont vu défiler au sein des Babylones
Tous ceux que la Fortune appelle sur ses trônes ;
Ils les ont vus cueillir à pleines mains les fleurs
De l'Eden que le Peuple arrose avec ses pleurs !
Et quand leur âme neuve, ardente, inassouvie,
Feuilletant chaque jour le livre de la vie,
En eut étudié la perfide splendeur ;

Pendant que sous leurs pieds tout un monde enchanteur
Respirait les parfums, les suaves fumées,
Palpitait aux frissons des toilettes lamées,
Agitait ses grelots, se couronnait de fleurs,
Se mirait dans le luxe aux magiques couleurs,
S'embrasait à l'éclair des vives étincelles
Qui jaillissaient du fond des ardentes prunelles,
Pendant que ce monde ivre et d'amour et d'encens
Du labeur généreux dissipait les présents,
Abaissant de nouveau le vol de leurs pensées,
Ils virent en scrutant les foules insensées,
Que le Juste y pleurait aux genoux du larron ;
Qu'Homère y mendiait en courbant son grand front ;
Que le Fourbe et l'Oisif, des couronnes en tête,
Disposaient des États, en occupaient le faîte ;
Que l'Apôtre riait des haillons de Jésus,
Et que les fils d'Adam formaient plusieurs tribus !
Ils virent que la Loi, dans sa morgue princière,
N'appelait que le riche au droit à la lumière ;
Ils virent les Brutus cloués aux piloris,
Les Catons bafoués, les Socrates proscrits !

II.

Ils virent en fouillant et les champs et la rue,
Que ceux qui tous les jours suaient sur la charrue ;
Que ceux qui de la terre ont chassé les aspics
Pour y multiplier d'innombrables épis ;
Que ceux qui font jaillir du sol ingrat la gerbe ;
Que ceux qui nourrissaient l'Etat au front superbe ;
Que ceux qui produisaient l'abondante moisson,
N'avaient qu'une mesure ou d'avoine (1), ou de son,
Qu'un pain amer et dur, mouillé de boissons aigres ;
Disputaient leur pitance, avaient faim, étaient maigres !

Ils virent que tous ceux qui d'une habile main

(1) La principale nourriture des paysans slaves est un pain d'avoine.

Fécondaient sous le ciel le pampre au jus divin ;
Que ceux qui remplissaient le pressoir et la tonne,
D'où découle en flots d'or le trésor de Pomone ;
Que ceux qui des coteaux avares, rocailleux,
Aux lèvres font monter le doux nectar des dieux,
N'avaient pour rafraîchir leur fatigue fiévreuse
Que la fade piquette et parfois l'eau bourbeuse !

Ils virent autour d'eux, sous les cieux assombris,
Que ceux dont les bras forts font surgir les abris,
Et couvrent le sol nu d'élégants édifices ;
Que ceux qui construisaient des palais de délices ;
Que celui qui formait les tabernacles saints
Où le Seigneur descend pour bénir les humains ;
Que ceux qui bâtissaient aux idoles de l'homme,
Le Louvre aux lambris d'or, le temple au vaste dôme,
N'avaient pour s'abriter contre les vents glacés,
Que de fragiles toits et des murs crevassés,
Et le chenil humide et la froide mansarde
Où le soleil jamais en passant ne regarde !

Ils virent en suivant le Peuple à l'atelier,
Que ceux qui façonnaient des princes l'oreiller,
Les divans des émirs, les couches parfumées,
Et les lits byzantins enrichis de camées,
N'avaient pour reposer leurs membres fatigués
Qu'un lit fétide et dur qui branlait sur ses pieds !

Ils virent que l'essaim qui tissait les trophées,
La robe du Pontife et la robe des Fées ;
Que ceux qui faisaient sourdre en flocons abondants,
Des flancs de la Machine aux hurlements stridents,
L'avalanche de drap, de dentelle et de soie,
Où radieux le riche avec dédain se noie ;
Que ceux qui bannissaient l'Hiver de nos maisons,
Que ceux qui nous couvraient de leurs chaudes toisons,
N'avaient pour se vêtir que la grossière laine,
Et du vice doré la défroque malsaine ;

Des haillons pleins d'accrocs par l'usure agrandis,
Par où le froid mordait leurs membres engourdis !

III.

Et ces déshérités s'étaient parmi leurs frères
Choisi des chefs ingrats, injustes et sévères ;
Chose étrange ! ils dressaient à leurs maîtres cruels
Des piédestaux d'honneur, des palais, des autels !
Ces humbles qui forgeaient les sceptres, les couronnes,
Tremblaient en regardant la tiare et les trônes,
Les chapeaux à galons et les dieux de bois peints
Qu'avaient taillés dans l'ombre, un jour, leurs fortes mains !

Et tous ces travailleurs à l'échine inclinée,
Semblables à l'abeille active et résignée,
Ne goûtaient point aux miels qu'ils avaient distillés !
Ces vaillants producteurs, hâves et dépouillés,
Qui se lèvent dès l'aube et qui chaque jour suent
Pour embellir l'olympe où les riches se ruent,
Ne songeaient en semant leurs dons sur nos chemins,
Qu'à rendre plus puissants leurs maîtres inhumains ;
Qu'à donner aux repus une nouvelle proie ;
Qu'à rendre plus heureux ceux qui sont dans la joie !

Et quand, frappant la terre, ils avaient, sous leurs pas,
Fait jaillir les abris, les palais, les villas ;
Rempli de mets divins et de fleurs nos corbeilles ;
Doublé les dons du ciel, entassé les merveilles !
Quand, mêlant leurs sueurs et leur sang aux rayons,
Ils avaient fait revivre et germer les sillons ;
Quand ils avaient appris à la bruyère immonde
A se vêtir de fleurs, à devenir féconde ;
Quand ils avaient, enfin, rempli de pur froment
Et le grenier avare et le silo gourmand,
Fait couler les ruisseaux qui portent l'abondance,

Et répandu la manne autour du globe immense,
Chassés des paradis qu'ils ont faits sous les cieux,
Ils venaient ramasser, brisés, et soucieux,
Aux portes des palais où se vautrait l'orgie,
Les miettes qui tombaient de la nappe rougie ;
Et manger dans un coin, avec avidité,
Le pain noir que l'Aumône après boire a jeté !

Et tous ces travailleurs, cette phalange utile,
Sans qui la terre avare, hélas ! serait stérile ;
Ce troupeau diligent qui propageait le bien,
Qui servait tout le monde, et n'en recevait rien,
Qui vidait sous le ciel sa veine généreuse
Pour faire autour de lui la terre plus heureuse ;
Ces îlotes, martyrs aux membres écharnés,
Étaient sobres et doux et toujours inclinés.
Sans se plaindre ils traînaient leur boulet séculaire
A travers les fléaux qu'engendre la misère.
Ils se faisaient petits et donnaient leur soleil
Pour agrandir les cieux où s'enivrait l'orgueil !

Et quand ces bienfaiteurs, ces fils de l'Indigence,
Avaient aux pieds du riche épanché toute essence,
Pour prix de leur trésor, pour prix de leur bienfait,
Ils ne demandaient rien à l'heureux qu'ils ont fait,
Et qui dans son dédain les fuit et les repousse,
Rien !... qu'un tout petit coin, parfois dans un workouse

Après avoir lutté dans la ville et les champs,
Ces doux gladiateurs venaient, nus et sanglants,
Gémir sur le grabat et la croix de l'hospice,
Attendant, humblement, que leur cadavre glisse
Dans la fosse commune, antre avide et béant,
Où le pauvre, oublié, s'endort dans le néant !

4

IV.

Et nos jeunes héros aux fronts déjà moroses
Regardaient gravement passer toutes ces choses
Du haut de la montagne où s'offrait à leurs yeux
Tout ce monde inconnu, hâve et laborieux !

Alors interrogeant l'Ambition perfide
Qui derrière eux, toujours, suivait leur œil avide
En les enveloppant d'astucieux rayons,
Tous d'une même voix firent ces questions :
— Quel est, demandaient-ils à l'ardente déesse,
Ce cyclope aux cent bras qui s'agite sans cesse
Pour nourrir sur ses flancs meurtris et déchirés
Tant de frelons humains et toujours altérés ?
Et qui viennent, après que leur gorge est gonflée,
Se rire de leur proie à leurs pieds dépouillée ?
Quel est ce Prométhée, au cœur ouvert, toujours,
Qui semble de son sang repaître des vautours ?
Et pourquoi la Puissance à la serre inhumaine,
Et le Parasitisme et la Paresse hautaine,
D'opprobres couvrent-ils sa main qui les nourrit,
Sa main qui les défend et qui les enrichit ?
— Ce nouveau Prométhée, à la face flétrie,
Répondit la déesse, en versant l'ironie,
C'est le Peuple aux bras nus ! Les dieux l'ont enchaîné
Au rocher du labeur ; et là, comme un damné,
La sueur au visage, il expie en ce monde
Les antiques péchés, hélas ! d'Eve la blonde !
Cessez donc, ô mes fils, de compatir aux maux
D'un peuple qu'un Dieu voue aux esprits infernaux !
Ce colosse engendré dans un jour de colère
Est à jamais maudit , il n'est point votre frère !
Comme l'avait appris à votre enfance, un jour,
L'Evangile naïf, ce grand livre d'amour !

C'est un vil paria, c'est un stupide îlote
Que l'homme attache au joug, ou courbe sous la hotte !
Sa misère est féconde ! Au banquet des humains,
Plus ses plats sont petits, plus les nôtres sont pleins !
De sa douleur immense, éternelle et profonde,
Découlent l'abondance où nage le grand monde !

. . . .

Et tous ses rejetons, autour du globe errants,
En haillons et captifs, divisés, ignorants,
Gravissent, à leur tour, sous la croix, les calvaires
Où tous, l'un après l'autre, ont succombé leurs pères !

Ces nombreux bataillons d'esclaves résignés
Viennent lécher les mains qui les ont enchaînés.
Ils donnent, humblement, leur force et leur courage
Aux mirmidons gantés dont le fouet les outrage ;
Ils habillent d'hermine et gorgent de trésors
Celui qui les affame et laisse nus leurs corps !
Pleins d'abnégation ils donnent leur génie
A l'oisif qui sur eux verse l'ignominie !
Sur les champs de carnage où les jette l'État
Ils versent un sang pur à la voix d'un soldat ;
Ils donnent leur pensée à l'ignare férule,
Et leur âme naïve au prêtre qui la brûle !
Noyés dans l'ignorance où les plongent les rois,
Comme un fardeau trop lourd ils résignent leurs droits ;
Ce sont de grands enfants qu'on chasse dès conclaves
Où des maîtres adroits façonnent leurs entraves.
Pourtant pour assouvir le dévorant Trésor
Leur race nourricière a des mamelles d'or !
Mais c'est la bête humaine, hélas ! que savent traire
Les budgets altérés et l'insatiable Guerre,
Et qui doit ignorer les ruses de l'État :
Un bœuf ne doit jamais voir le coup qui l'abat.
Efin tous ces troupeaux, ces viles multitudes,
Que le Destin condamne aux dures servitudes,
Attendent qu'un puissant, sous la peau d'un berger,

Leur jette tous es jours quelques os à ronger,
Et les parque en un coin de son vaste domaine
Pour engraisser sa terre et lui donner leur laine !
Quiconque tient un sabre, ou la baguette d'or,
Ou la houlette sainte, est maître de leur sort !

Ainsi donc, ô mes fils, cette race docile
Appartient au plus fort ou bien au plus habile.
Venez donc à présent, ô vous que les Destins
Ont choisis parmi tous pour mener les humains.
Suivez-moi vers les champs, suivez-moi vers la rue
Où l'humble cherche un maître, où la foule se rue ;
Et là, tendez vos rets à l'essaim travailleur !
Tout dépend, ici-bas, des ruses du pipeur !

V.

A ce discours perfide, à cette voix puissante,
Nos fiers adolescents que la déesse enchante,
Descendirent soudain des sommets éclatants
Où s'est épanoui leur gracieux printemps.
Et quand leur jeune esprit de notre monde étrange
Eut touché les splendeurs et remué la fange ;
Quand leur âme agrandie eut deviné le sens
Des grimoires humains où lisent les puissants,
Tous, se précipitant vers une aube nouvelle,
Tombèrent parmi nous comme l'ange sans aile !

VI.

Déjà dans leurs cerveaux croissent les passions
Qui doivent les guider dans leurs excursions.

L'humble fils du labeur, l'enfant de la Nature,
Qui comme les oiseaux recevait sa pâture,

De l'arbre de la route ou des mains des passants,
Et qui gardait jadis nos troupeaux bondissants,
Déjà songe dans l'ombre avec tous ceux qu'il aime
A demander sa part des grains de blé qu'il sème !
L'enfant que l'opulence avec joie enchâssa
Dans la soie et dans l'or, et puis qu'elle encensa,
Déjà dans son plumage avec orgueil roucoule,
Et quête autour de lui les regards de la foule !
Le rejeton des preux que la Gloire allaita
Se croit déjà de taille à gouverner l'État ;
Il médite en César la sanglante épopée
Qu'il veut au sein du Peuple écrire avec l'épée !
Le glaneur diligent qui dans les champs, jadis,
En butinant sa gerbe en comptait les épis,
Déjà, le front gonflé d'un obscur théorème,
Vient invoquer Mercure ; il demande à Barème
L'art qui change ici-bas toute denrée en or,
Et qui fait affluer au même coffre-fort
Les deniers de la veuve et ceux du pauvre hère,
Tous les petits ruisseaux creusés par la misère !
Enfin l'enfant pieux, l'Éliacin nouveau,
Qui desservait l'autel le dimanche au hameau,
Et que l'Eglise, mère aux tendresses immenses,
Eleva pour jeter ses divines semences,
Déjà rêve en froissant son modeste rabat,
Prébendes, crosses d'or, troupeau riche et béat !
En lisant saint Ignace il songe au rôle immense
Qui fait d'un jeune abbé l'auguste Providence.
Il se voit, parmi nous, à la place des dieux,
Distribuant la manne, ou nous fermant les cieux !
Il rêve au paradis que la clef de saint Pierre
Ouvre au prêtre fervent sur notre pauvre terre !

Enfin ils sont autour des riches tapis verts
Où va se décider le sort de l'Univers.
Ils siégent tout pensifs, l'œil ouvert, le front sombre,
Méditant leurs projets, délibérant dans l'ombre

Sur l'art d'assujettir à leurs puissantes mains
Tous les déshérités, errants par les chemins.
Après avoir tracé dans leur tête fiévreuse
Le plan de leurs combats, leur course glorieuse,
Ils dressent sous les fleurs de perfides pipeaux
Ou déroulent dans l'air de magiques drapeaux !
Tous déjà sont à l'œuvre... Ils volent sur la terre !
L'avide Ambition leur ouvre la carrière !

VII.

Suivons donc, ô lecteurs, un instant sous les cieux,
De nos adroits héros le vol ambitieux.

Jetez les yeux, là-bas, vers cette ruche immense,
Où mille bras tendus font naître l'abondance.
Là, se mêlant au bruit de la création,
S'agite un monstre humain : la Spoliation !
Elle suspend sa toile au bord de l'alvéole
Où l'on pétrit le miel qui nourrit et console.
Ne sachant rien produire, en un coin, elle attend,
Pour s'engraisser, la part du labeur haletant ;
Absorbant tous les dons de l'essaim qu'elle affame
Dans son antre fangeux, elle a fait de son âme
Une bête de proie, un grossier coffre-fort,
Qui ne s'ouvre jamais que pour manger de l'or !
Sa main sale et crochue est une ignoble serre
Qui vole tous les biens produits par la misère.
Avide de sueurs, de sang et de butins,
Elle ne rêve, hélas ! que sinistres larcins !
Eh bien ! ce monstre hideux qui, comme l'araignée,
Décharne en se cachant l'abeille infortunée !
C'est l'enfant âpre au gain et qu'on a vu jadis,
Dans les champs de Booz, ramassant des épis.
C'est le Dol enrichi, rapace et méprisable,
Qui veut que tous les fruits mûrissent pour sa table ;

Il veut que les essaims aux doigts industrieux,
Entassés dans des trous froids, obscurs et fangeux,
Bâtissent pour loger son petit corps avare
Dix villas, dix palais en marbre de Carrare;
Il veut que, le soleil lui donne tous ses feux ;
Il veut avoir sa place à la table des dieux ;
Il veut que pour lui seul, dans ses riches repaires,
On lui serve la part de mille pauvres hères ;
Il veut qu'en grelottant ceux qui n'ont pas d'habits
Etalent sous ses pieds de moelleux tapis.
Dans la ruche où toujours ses toiles sont dressées,
Il veut que les enfants, les vierges épuisées,
Y changent leurs sueurs en or, en million,
Pour en gorger son luxe et son ambition,
Deux vampires faits dieux, et couple insatiable
Dont les cœurs sont d'airain, dont les pieds sont de sable !

VIII.

Allons rire à présent du nain ambitieux
Qui haussé sur ses pieds se croit égal aux dieux.
Au milieu des humains, comme un serpent dans l'herbe,
Il passe en fascinant de sa tête superbe
Une foule hébétée. Ecoutons son discours :
« Je suis un roi, dit-il, contemplez mes atours,
Ma meute, mes coursiers, mes châteaux, mes insignes ! »
Puis, prenant aussitôt la majesté des... cygnes,
Sur des flots d'électeurs il abaisse un regard.
— Attelez-vous, valets, leur dit-il, à mon char !
Votez pour moi ! Je veux que mon riche plumage
Me transporte à la chambre, et me transforme en sage !
Puis, sifflant un jockey. — Toi, lui dit-il, va, cours,
Mé grandir sur le turf au péril de tes jours !
« Je veux que mon cheval illustre aussi ma vie !
« Les lauriers, aujourd'hui, croissent dans l'écurie ! »
Ce fou qui nous fait rire et qui nous fait pitié,

C'est le fat au front bas, c'est le sot barbouillé
D'orgueil et de splendeurs! Hélas! c'est l'enfant rose
Qui naquit dans la soie et qui s'est cru la rose
Qu'on devait admirer, encenser, applaudir,
En voyant au soleil ses habits resplendir!

IX.

Mais laissons là ce paon que la foule contemple,
Au milieu de sa cour s'adorer dans son temple;
Et suivons pas à pas, à travers les humains,
La pâle Ambition dans ses sombres chemins.
Que vois-je? Elle s'arrête au seuil d'un presbytère,
Où doit gémir dans l'ombre, en tous temps, la Prière.
Humble est son attitude, et son regard baissé
Aux choses d'ici-bas semble avoir renoncé.
Elle entre cependant, et son nez se dilate
En flairant l'hécatombe exquise et délicate
Qui parfume la table, où déjà sont assis,
Vingt convives pieux rêvant au paradis.
Alors se dépouillant de son maintien de glace,
L'Ambition s'asseoit à la première place;
Et là, prenant sa coupe, où s'épanche en flots d'or
Des vignes du Seigneur le liquide trésor,
Et pleine de l'esprit qui l'agite et la mène,
Elle boit aux succès de l'Eglise romaine;
Puis se hâte, oubliant son bénédicité,
D'offrir en sacrifice à son humilité,
Pour apaiser le cri de ses viles entrailles,
Tous les dons succulents de ses chères ouailles!
Et sentant de son cœur monter un chaud rayon,
Qui vient illuminer et sa joue et son front,
Aux convives bénins qui fêtent sa venue,
Elle adresse ces mots d'une voix tout émue:
— O vous, mes chers amis, ô vous que l'Éternel
A choisis parmi tous pour illustrer l'autel,

Vous qui serez demain la milice sacrée,
Ecoutez les accents de mon âme inspirée !
Entendez-vous au loin ces bruits mystérieux ?
Ces sinistres rumeurs, ces souffles orgueilleux ?
C'est la science qui le front dans les étoiles
Et les pieds ici-bas vient soulever les voiles
Du nouveau sanctuaire où se montrent les dieux !
C'est Michelet sondant les plis mystérieux
Du manteau qui cachait l'âme de la nature !
De Renan l'inspiré c'est l'effrayant murmure !
C'est la puissante main ou de Strauss ou d'Hegel
Qui frappe avec orgueil à la porte du ciel.
Au milieu de ces bruits l'Eglise notre mère,
Comme un navire en proie à la tourmente amère,
Se débat en poussant un long cri de douleur,
Auquel ne répond point le divin Rédempteur,
Et que n'entendent plus ni la foule égarée,
Ni nos fiers paladins à la lance sacrée !
La voix des Massillon, le cor de Jéricho,
Au sein d'un monde sourd n'a plus qu'un faible écho ;
Et les brefs fulminants, les saintes philippiques,
Vont s'éteindre au milieu des rires homériques !
Les peuples à nos voix ont cessé de prier ;
Leur genou devant nous ne veut plus se ployer :
Ces doux lazzaroni que nourrissait l'Aumône
Insultent maintenant leur puissante ¡Madone,
Quand elle oublie, hélas ! — que l'homme est insensé ! —
D'accomplir devant eux le miracle annoncé !
Leur âme émancipée et volant de son aile
Ne cherche plus son Dieu dans la ville éternelle !
Comme Rousseau, Channing, Moïse et Jésus-Christ,
Ils veulent adorer le grand Etre en esprit ;
Ils veulent, sous les cieux, dans leur orgueil suprême,
L'immensité pour temple, et pour prêtre, Dieu même !

Enfin comme un torrent qui sans cesse grossit
Le Doute destructeur partout nous envahit !

Vers un nouveau Sina remontons, ô mes frères !
Et là, couvrant le monde encor de nos colères,
A la foudre du ciel et du pontife-roi,
Rallumons les flambeaux obscurcis de la foi !
Puis de nos ennemis empruntant les prières,
Comme eux, en lettres d'or, brodons sur nos bannières
Ces mots fascinateurs : Lumière et Liberté !
Et sous ce labarum, avec habileté,
Pour défendre nos droits, pour grossir nos phalanges,
Rassemblons, s'il le faut, et le Diable et les anges !
Puis dans l'ombre, en silence, en nous donnant la main,
Conquérons comme Ignace encor le genre humain !

D'abord puisque les cieux sont sourds à nos alarmes,
O frères, ici-bas, cherchons nos saintes armes ;
Et puisque l'or est dieu, forgeons, forgeons de l'or !
De l'or, de l'or toujours, de l'or, de l'or encor !...
Tournons tous nos regards maintenant vers la terre,
Et pour sauver nos dieux, invoquons la matière !...
Pour emplir notre coffre allons tendre la main
Chez les enfants tout nus et qui manquent de pain !
Au mourant effrayé qui voit rôder le diable,
Vendons notre murmure éloquent .. ineffable
Qui doit le délivrer de ses affreux soucis !
Que dans nos bras son or abonde *in extremis.*
Vendous le droit exquis de faire bonne chère !
Et d'une châsse vide exploitons la poussière !
Bien que Jésus chassât les marchands du saint lieu,
Dans nos temples vendons le droit d'y prier Dieu !
De nos cierges bénits, des myrrhes parfumées,
Vendons, ô mes amis, les fécondes fumées !
Aux Jacob aux Rachel que le Seigneur unit,
Vendons le droit d'aimer et de peupler leur nid !
Vendons nos baîllements, vendons notre prière ;
Vendons du paradis les places à l'enchère !
Puis au pied de la croix où Jésus expira,
Vendons d'un maëstro les chansons d'opéra !

Enfin pour compléter notre recette immense,
Mettons près d'un brasier les morts en pénitence,
Et peignons leurs tourments à leurs fils ressemblés !
Oh ! nous trouverons là d'un grand trésor les clés !...

. . . .

Enfin quand nous aurons, puisant à toute source,
Rempli notre escarcelle et gonflé notre bourse,
Qu'avec ces talismans notre main, ici-bas,
Fasse sortir du sol d'innombrables soldats ;
Qui, soumis et pieux, sous une sainte robe,
Iront porter nos lois à tous les coins du globe !
Que ces soldats liés par un sacré serment,
S'inspirant de l'esprit qui règne au Vatican,
Entr'ouvrent doucement l'oreille de l'enfance,
Pour y verser sans bruit cette douce sentence,
Cette voix sainte : *Omnis potestas a Deo !*
Qu'ils démontrent sans cesse à leur jeune troupeau
Que tous les nouveau-nés sont des anges sans ailes,
Qu'un Dieu clément condamne aux peines éternelles,
Attendu que jadis, deux anges, leurs parents,
Ont été curieux et désobéissants !
Et que l'œuvre de chair, l'être qu'on appelle : homme !
N'est qu'un spectre de boue, et damné pour la pomme
Qu'Eve a mangée un jour au sein du Paradis ;
Et que tous ses enfants comme lui sont maudits ;
Qu'ils doivent sur la terre, errants sous des cilices,
Dans l'ombre et dans le jeûne et dans les sacrifices,
En renonçant aux dons exquis du Tout-Puissant,
Expier de leur mère, hélas ! le coup de dent !...

. . . .

Et puis à notre tour et du haut de nos chaires,
Versons notre semence, ô mes bien-aimés frères !
Démontrons aux petits, aux humbles, aux croyants,
Que les haillons troués sont de saints vêtements ;
Que le pauvre d'esprit, le fils de l'Ignorance,
Est l'élu fortuné de notre Providence ;
Que Dieu veut que l'enfant au front pur et vermeil

S'étiole et grelotte aux rayons du soleil !
Oh ! surtout ! embrasons aux éclairs de nos âmes,
Aux feux de nos sermons, le cœur aimant des femmes !
Que notre esprit subtil, pur, onctueux et saint,
Multiplie à nos pieds ce précieux essaim,
Qui, servant nos projets, et devenant notre ombre,
Protégera nos pas dans notre route sombre !
Invoquant le génie, enfin, des Mascaron,
O frères ! frappons fort le Doute fanfaron !
Attachons un boulet au pied de la science
Qui réveille en marchant l'humaine conscience !
Du Progrès qui s'élève interceptons l'essor !
Resserrons ses liens, coupons ses ailes d'or !
Exorcisons l'Idée ! Et, d'une main hardie,
Eteignons le soleil de la Philosophie !

O temps trois fois heureux, que ceux où le bourreau,
Allumant les bûchers de nos *Quemadero*,
Faisait balbutier le crédo des infimes
Aux aigles du Savoir qui planaient sur les cimes !
Heureux temps où la main d'un Bazile enchaînait
L'imposteur Galilée au globe qui tournait !
Heureux temps où le Peuple, égrénant un rosaire,
Ne lisait point encor Rabelais ni Voltaire !
Heureux temps où les Soult, un cierge au bout du bras,
Venaient courber la tête où s'imprimaient nos pas !
O divin Jérémie à l'immense colère,
Prête-nous ton courroux pour régenter la terre !
Et puisque nous tenons encor les clefs du ciel,
Montons-y pour verser les sept coupes de fiel !
Alors quand nous aurons de nos mâchoires d'ânes,
Intrépides Samsons, terrassé les profanes ;
Quand, joignant notre glaive au bâton pastoral,
Nous aurons triomphé du mal avec le mal ;
Quand nous aurons prouvé que la vapeur recule,
Et vient céder le pas à notre vieille mule ;

Et qu'un cierge enfumé brûle d'un feu plus pur
Que l'électricité qui jaillit de l'azur ;
Quand nous aurons soufflé sur toutes les lumières,
Et mis un capuchon aux fronts de tous nos frères ;
Quand nous aurons lavé dans l'encens, sur l'autel,
Nos bras souillés de sang, ainsi que Samuel ;
Quand nous aurons enfin, invoquant la Madone,
Ramené tout un peuple aux genoux de l'Aumône,
Pour prix de nos travaux, alors, ô mes amis,
Les dieux nous ouvriront les Chanaans promis !
Au pied de nos autels et dans l'ombre du cloître,
Nous verrons pour nous seuls tous les trésors s'accroître !
A nous les crosses d'or et les chapeaux bénits,
Et les robes de soie et les somptueux lits,
Et la grasse prébende et la riche abbaye,
Et les canonicats et la joie infinie ;
A nous l'heureux destin des lis exempts de soin,
Qui se couvrent d'hermine et qui ne filent point !
Sur une terre ingrate, au sein des pauvres hères ;
Au milieu des Job nus, des poignantes misères ;
Au sein des dénûments, nos enfants bien-aimés,
A nous le frais Eden, les palais embaumés ;
A nous sur le rocher l'oasis féconde
Où nous pourrons enfin, loin des luttes du monde,
A l'ombre des fruits d'or, dans un coin retiré,
Attendre en paix la manne, et *nihil agere ;*
Et goûter chaque jour, au milieu des délices,
L'offrande des croyants, leurs suaves prémices !

. . . .

Mais quel est cet esprit, nous dites-vous enfin,
Qui prône l'abstinence au milieu d'un festin ?
Quel est donc ce pasteur inhumain, exécrable,
Qui change sa houlette en épée implacable ?
Quel est cet Antechrist qui, couronné de fleurs,
Veut clouer les petits sur des croix de douleurs ?
Et du Christ aux pieds nus, annonçant la doctrine,
Parle d'humilité sous un manteau d'hermine ?

— Cet apôtre Judas qui, courant aux écus,
S'enrichit en vendant le dogme de Jésus !
C'est l'enfant du hameau, l'Eliacin austère,
Que l'Église allaita, jadis, au séminaire,
Et qui veut, oubliant de son Dieu les douleurs,
Monter à l'Évêché par un chemin de fleurs !

X.

Mais laissons ce génie immense et solitaire
Construire son nid d'aigle au sommet de la terre !
Et tournons maintenant nos avides regards
Vers la plaine où rugit la légion de Mars.

Ecoutez ces tambours !... C'est la voix des batailles,
Qui vient de nos enfants sonner les funérailles !
A ce bruit les corbeaux s'abattent sur nos champs,
Les engins meurtriers accourent, menaçants,
Les airs sont agités, le coursier se transporte,
Et de la terre sort une ardente cohorte !
Soudain au milieu d'elle, un spectre mutilé
Montre des grands États l'horizon reculé.
Tout tremble sous ses pas, son aspect est farouche :
Il vient croiser le fer où l'homme avait sa couche !
— Allons, debout ! dit-il, aux humbles d'ici-bas !
Laissez dormir les socs, les marteaux, les compas ;
Oubliez vos amours, votre mère et vos rêves,
Et venez effeuiller vos printemps sous les glaives !
Au milieu du carnage, et courbés sous ma loi,
Il faudra que bientôt, pour le riche et le roi,
Vos chairs servent d'engrais à ces champs de batailles
Où vos pères, pleurant, feront d'autres semailles !
Il faut que votre corps, errant sur des tombeaux,
S'étiole en un camp, périsse par lambeaux,
Et serve de pâture à quelque être vorace,
Pour illustrer mon nom et pour grandir ma race !

Allons, inclinez-vous sous mon joug glorieux !
Attelez-vous, soldats ! à mon char radieux !
Qu'aux belliqueux accents du clairon que j'embouche,
Votre race devienne une race farouche !
Que chacun se changeant en tigre courroucé,
Boive au front des vaincus le sang qu'il a versé !
Il faut que la vengeance, aveugle et furibonde,
Traîne mon char vainqueur sur les débris du monde !
Enfin pour que mon front dorme sur les lauriers,
O dociles soldats ! ô généreux guerriers !
Sauvons, sauvons le roi ! Vos frères, des esclaves,
En défiant ce prince ont brisé leurs entraves !
Partez ! Et que vos mains, pour venger cet affront,
Lavent dans votre sang la honte de son front !
Hâtons-nous ! et songeons, ô ma vaillante armée,
Que les héros sont nés au sein de la fumée !

A ces mots tout rugit, l'homme se fait lion !
Puis, s'élevant du sol, un affreux tourbillon
Et de poudre et de feu, de haines implacables,
Emporte dans la mort les fils des misérables !
La foudre vient s'abattre au milieu des cités.
Dix villes sont en cendre... et les vents révoltés,
Mêlant leurs hurlements à la voix de la Guerre,
Des peuples foudroyés dispersent la poussière !

Quel est cet Attila, qui, dans son vol altier,
Défend que l'herbe pousse où passa son coursier ?
Quel est ce demi-dieu dont la sombre colère
A fait de nos foyers un sinistre ossuaire ?
— Ce ministre du Deuil, ce titan courroucé,
C'est le doux séraphin que la Gloire a bercé !
Sur la terre rougie où tout un peuple tombe,
Il veut pour piédestal une immense hécatombe !...

XI.

Ainsi tons ces enfants, fous, ingrats ou pervers,
Empoisonnant la vie, ou troublant l'univers,
Sont nés de notre amour ! Ils sont l'objet, sans cesse,
De nos vœux, de nos soins et de notre tendresse !
Nous les déifions ! Pourtant ils ont quitté
Notre flanc douloureux et tout ensanglanté
Comme l'aspic cruel qui vient à la lumière
En déchirant le ventre et le cœur de sa mère !
Ils ont, en grandissant, amassé leur poison ;
Et la murène un jour s'est changée en dragon !
S'élevant au-dessus de la foule stupide,
Comme un insecte ailé qui sort d'un corps putride,
Ils retombent sur nous, comme des hautes tours
Sur les oiseaux naïfs s'abattent les vautours !

CHANT SIXIÈME.

I.

Pénétrons maintenant dans la ville orgueilleuse
Qui, parmi les débris, épave glorieuse,
Chante des *Te Deum* en se parant de fleurs.
Dans les flots d'harmonie, avec tous les grands cœurs,
Accompagnons des preux la marche triomphale,
Après l'ardent combat, Hercule, aux pieds d'Omphale,

Vient essuyer son glaive et reposer son front :
Au soleil de l'Amour toute glace se fond.
Prenons les airs vainqueurs, aujourd'hui, d'un Pompée,
Et courons applaudir aux succès de l'épée !
Suivons jusqu'au banquet nos altiers conquérants ;
L'allégresse y préside et confond tous les rangs.
Tous à la même table, en ce jour de victoire,
Y boivent à longs traits l'ivresse de la gloire !
Dans les champs de l'honneur, mortels ou demi-dieux,
N'ont-ils pas fait couler notre sang précieux ?
L'un tue avec l'acier et l'autre avec la foudre,
Mais Sparte n'est-il pas comme Ilion en poudre ?

II.

Après l'âge de fer arrive l'âge d'or !
Tout est bien, dites-vous. — Attendez !.. Pas encor !..
Dans le palais splendide où le vainqueur s'attable,
Apparaît tout à coup la Discorde implacable !
Et comme chez Thétis, au milieu des héros,
Elle jette la pomme où sont écrits ces mots :
« L'Empire au plus puissant ! » Sur la nappe éclatante
Le fruit roule, et soudain, la voix retentissante
Des convives joyeux se changeant en rumeurs,
Remplit les environs d'effroyables clameurs !
Alors en bondissant, tous rentrent dans l'arène
Où l'affreuse Discorde en hurlant les entraîne !
Au premier rang paraît le belliqueux prélat,
Qui veut sa part de gloire en ce nouveau combat.
— Moi de Dieu seul je tiens mon sacré ministère,
Dit-il aux assistants ; donc c'est à son vicaire
Qu'appartient, ici-bas, le souverain Pouvoir !
— C'est au choc de mon glaive, et non de l'encensoir,
Que naissent les États ! répond soudain la Guerre ;
Donc tout doit s'incliner sous mon épée altière !
Donc la toute-puissance appartient au plus fort !

— Le vrai Dieu de ce monde, ô mes amis, c'est l'or !
Réplique avec orgueil l'élu de la Finance ;
Donc à l'or, à l'or seul, échoit l'omnipotence !
Puis au milieu de tous, un prince détrôné
Apparaît menaçant, pâle et désarçonné.
C'était le maître, hier, d'un formidable empire :
Ce matin il fuyait, seul, en proie au délire.
César et son destin, sa puissance et ses dieux
S'étaient évanouis sous le souffle des gueux !
— Dois-je revendiquer le sceptre de mes pères?
Dit-il, en redressant son front plein de colères.
L'illustre conquérant, l'hérétier de vos rois,
N'attend point que le peuple, élevant son pavois,
Me rappelle à mon rang ! Parfois, quand Dieu l'ordonne,
Sans cesser d'être roi, sans perdre sa couronne,
Comme l'aigle des monts, de son trône il descend !
Mais c'est pour remonter plus fier et plus puissant,
Et plus grand et plus fort à cette cime auguste !
La lice où le roi tombe est un lit de Procuste !
Quoi ! parce que mon glaive en mes mains s'est rompu,
Un peuple, misérable, orgueilleux, corrompu,
Ose, ainsi que Brennus, peser dans sa balance,
Contre un jour de pouvoir dix siècles de puissance?
Cessez, obscurs préteurs, qu'un succès fit fameux,
D'opposer vos faisceaux à la foudre des dieux !
Remettez à César sa couronne usurpée!
N'insultez plus, valets, les tronçons d'une épée !
L'aigle tombé des cieux reprendra son essor :
Aveugle, Polyphème est plus à craindre encor !
Songez que l'oiseau-roi, remontant vers les nues,
Punira sans pitié les serpents et les grues !
A ces mots tout s'ébranle... A peine a-t-il parlé,
Qu'un spectre pâle et maigre et tout déguenillé
Paraît sans s'émouvoir devant le roi qui gronde.
La misère a creusé sa prunelle profonde :
C'est l'enfant humble et nu qui longtemps a jeûné ;
Et qui, las d'essuyer à son front incliné

D'un Destin trop cruel les froides railleries,
Vint demander une arme aux sombres jaqueries !
— Je suis la Faim, dit-il, et l'Emeute en haillons ;
Je suis le pourvoyeur, ici-bas, des lions !
Quand un Catilina, quand un Brutus conspire,
C'est moi qui revendique, en défiant l'empire,
En heurtant ses soldats de mon front de taureau,
Pour le Peuple ou les grands une part du gâteau !
Mon bras refait les rois, ou brise les couronnes,
Il courbe le superbe, ou relève les trônes !
Quand, la lance en arrêt, la Féodalité
De son antre à créneaux, par le démon hanté,
S'abattait sur nos champs pour piller l'Indigence,
Écraser les petits, violer l'Innocence,
Un rustre, mon aïeul, Jacques Bonhomme, un jour,
Ameutant ses pareils, victimes à leur tour,
Vint apprendre à la Faim, vint apprendre à mes pères,
A traquer les tyrans au fond de leurs repaires !

Il veut parler encor, mais le prince tombé,
En frémissant d'orgueil sur son char embourbé,
Rappelle autour de lui la Vengeance et la Haine
Et tout sanglant encore il rentre dans l'arène !
Quoi ! dit-il, un valet que mon ombre a grandi,
Et qui contre mon fouet un instant s'est roidi,
Ose, ainsi que les rois et la Toute-Puissance,
Dire je veux, j'ordonne, et mon règne commence !
Punissons ce pygmée escaladant les cieux !
Foudroyons dans son vol l'insecte audacieux
Qui vient à mon soleil brûler encor son aile !
Qu'il soit précipité dans la nuit éternelle !

La Discorde, à ces mots, verse aux deux champions,
Dans une coupe d'or, ses funestes poisons.
Elle insuffle en leur sein la flamme redoutable
Qui fit l'ange démon et l'homme misérable !
Prenant de la sirène et le charme et la voix,

Elle enivre et séduit, elle entraîne à la fois
L'altière Multitude et la Valeur hautaine ;
Tout s'agite à ses cris. Le lion se fait hyène !
Achille, sans pitié, va déchirer encor
Le cadavre sanglant du malheureux Hector !

III.

Déjà l'affreux tocsin a jeté dans la ville
Les lugubres accents de la Guerre civile.
Le canon retentit... Un ouragan de feu
En ravageant la rue hurle sous le ciel bleu ;
Il roule avec fracas, sur la terre ébranlée,
En cachant dans son flanc une horrible mêlée !
Là, le peuple égaré, vainqueur des nations,
Comme Caton se tue ! En proie aux factions,
Ne pouvant pas cueillir le fruit de ses batailles,
Il meurt en déchirant lui-même ses entrailles !..
L'ouvrier fait soldat, en héros insensé,
Etouffe dans ses bras l'ange (1) qu'il a bercé !
A la voix des tambours il fait un ossuaire
De la pauvre mansarde où grandissait son frère !
De sa famille en pleurs il méconnaît le cri !
Il perce sans pitié le sein qui l'a nourri !

. . . .

Cependant le Soleil continue à sourire
Et répand ses bienfaits sur ce peuple en délire !
Les champs n'ont point cessé d'embaumer l'air impur,
Et les oiseaux craintifs de planer dans l'azur !
Le Printemps pare encor la pelouse fleurie
Où de l'Humanité la veine s'est tarie !

Mais pendant que du Ciel, hélas ! un Dieu d'amour
Renouvelle les fruits, les fleurs, l'être et le jour,

(1) La liberté.

L'homme haletant s'obstine à poursuivre son rêve
En essayant d'ouvrir l'Eden avec un glaive !

IV.

Mais quel est donc le Maître aux yeux d'inquisiteurs
Qui fait naître en marchant les sinistres Rumeurs,
Et semble alimenter dans la forêt humaine
Le Mensonge et l'Orgueil, l'Iniquité, la Haine ?
— C'est l'affreux Despotisme au superbe courroux
Qui veut à la pensée imposer des licous !
Pour écraser du pied la foule qui l'abhorre
Il a voulu grandir et puis grandir encore !
L'enfant né parmi nous, comme un astre, un matin,
Devint en s'élevant funeste au genre humain.
Il emporte après lui dans ses courses fatales
L'Erreur, le Dol et Mars, ses satellites pâles
Qu'on a vus croître un jour dans un impur rayon
Sous l'aile de l'Envie et de l'Ambition.
Voulant aussi briller à leur tour sur le monde
En brûlant de leurs feux, ils poursuivent leur ronde,
Tous ces astres alors, l'un par l'autre entraînés,
Ne semblent éclairer que des infortunés !

V.

Ainsi voilà notre œuvre ! Elle écrase le monde
Qui gémit sous ce poids dans une nuit profonde !
Nous avons tout changé, Seigneur ! sous ton ciel bleu !
Lorsque tu t'y fais homme, un homme s'y fait dieu !
Puis ce dieu, sur l'autel où tu vins nous absoudre.
Au lieu de nous bénir vient s'y changer en foudre !
Et dans le sanctuaire où pour nous tu descends
Il usurpe ton trône et reçoit notre encens !
Les Crésus, les Nérons, les prêtres sanguinaires

Dans leurs ascensions, dans leurs sombres colères,
Flétrissent les humains, transforment en pourceau
Ton enfant bien-aimé, le plus pur, le plus beau !
Quand tu le fais puissant au sein de l'innocence,
Eux en font un esclave au sein de la puissance !
Quand cessera, Seigneur, ce triste aveuglement?
Serions-nous condamnés à l'éternel tourment?
Tu nous avais donné des ailes comme à l'ange,
Et, semblables aux vers, nous rampons dans la fange !
A la place de l'aile un jour nous avons mis
La chaîne et le fardeau des parias maudits !
L'humble, ta créature et ta vivante image,
Ton élu sur la terre et ton plus bel ouvrage,
De sa haute origine, hélas! ne montre plus
Que des lambeaux flétris, des restes corrompus !
Son front large et sublime, où des flots de lumière
Pourraient se refléter en éclairant la terre,
S'est abaissé sans cesse et toujours rétréci !
Il est enveloppé d'un nuage obscurci
Par les limons d'en bas ! Ses yeux éteints ou ternes,
Ressemblent, dans leur orbe, aux lueurs des lanternes
Que l'on voit dans un coin, la nuit sur les débris
D'une auguste ruine !.. O ciel! entends nos cris !
Pourquoi nous as-tu faits les maîtres de la terre?
Pourquoi laissas-tu prendre à l'homme ton tonnerre?
Pourquoi déposas-tu, dans nos cœurs, les rayons
De ton esprit divin ? Ah! pourquoi sur nos fronts
Apposas-tu le sceau de ton Intelligence ?
Pour s'élever à toi, Seigneur ! notre puissance,
Entassant des autels sur de nouveaux autels,
Ici-bas n'a bâti que de sombres Babels !
Ainsi que Prométhée, au pouvoir si funeste,
Nous n'avons possédé l'étincelle céleste
Que pour voir déchirer nos entrailles, toujours !
Mieux eût valu, mon Dieu, que ton astre en son cours,
N'eût jamais allumé le flambeau de notre âme !
Nos sens, ensevelis dans une nuit sans flamme,

Auraient ignoré l'ombre, et le rayon brûlant
Qui tombe du Soleil ! Comme l'aigle puissant,
A qui tu n'as donné que l'instinct et l'espace,
Nous planerions encore en contemplant ta face !..

VI.

Mais que dis-je ? Ah ! pardonne, ô rédempteur divin !
Non, tu n'as point voulu qu'une douleur sans fin
Imprimât sur nos fronts la marque indélébile !
L'âme abjecte s'épure au feu de l'Évangile !
Tu soulages tous ceux qui portent une croix !
Et Lazare demain doit revivre à ta voix !
Comme ce fils du pauvre étendu dans sa bière,
Comme la chrysalide encor dans son suaire,
Comme la perle d'eau que la fange salit,
Le peuple inerte et froid, que la boue avilit,
N'attend qu'un doux rayon pour quitter la poussière,
Et remonter, enfin, plus pur vers la lumière !
Pendant que nous traînons, dans notre obscurité,
Les fétides lambeaux de notre majesté,
Du haut de l'Empyrée, où planent les archanges,
Tu descends parmi nous ! Tu viens fouler nos fanges !
L'on rencontre ta main, sur la terre, en tous lieux
Où souffre, espère et pleure un juste, un malheureux !
Elle verse à nos cœurs, dans notre servitude,
Tous tes trésors d'amour et de mansuétude !
Bienfaisante lumière, ineffable clarté
Qui jette un jour divin sur notre cécité !
Enfin tu viens sans cesse apporter tes sentences
Dans les buissons ardents de toutes consciences !
Ta voix y fait entendre en tout temps cet arrêt :
« Travaille ! Aime ! Sois libre ! » Ineffable décret !
Qui contient Dieu, la vie et l'humaine sagesse !
Bienfaits qu'on fuit toujours et qu'on cherche sans cesse !

VII.

Détournons donc nos yeux du monstre dévorant
Que le peuple martyr porte encor dans son flanc ;
Échappons un instant à sa serre cruelle,
Je vois naître là-bas une aurore nouvelle !

———

CHANT SEPTIÈME.

I.

Pendant qu'autour de nous sur le sol désolé,
Où de nos fiers enfants le sang chaud a coulé,
La Victoire égarée, honteuse et fratricide,
Essuie, en se cachant, son épée homicide ;
Pendant que l'insurgé tombe en doutant des dieux ;
Pendant que de l'autel, rendant grâces aux cieux,
Le prêtre de la Paix et du Dieu qui pardonne,
De la Haine implacable encense la couronne ;
Pendant que sa voix mêle aux râles des mourants
Des cantiques de joie et d'onctueux accents;
Pendant que le soldat ivre de sa conquête,
De son frère écrasé célèbre la défaite,
Au sein des ossements des plébéiens vaincus,
Des mânes irrités, des vaillants Spartacus,
Des Brutus et des Tell, expiant dans les chaînes
Leurs nobles dévouements, leurs luttes surhumaines ;
Au milieu des Douleurs pleurant sur des tombeaux,
Au sein des Désespoirs déchirant leurs drapeaux,

S'agite un autre Peuple, un Peuple au souffle immense !
C'est le Labeur pensif, nommé l'Expérience !
C'est le noble soldat du Progrès généreux
Qui vient pour agrandir la table des heureux.
Son front ne brûle plus du feu de la colère,
Mais de ses yeux jaillit l'amour ou la lumière !
Son âme où le Progrès a creusé ses sillons,
Appelle la semence et s'ouvre à tous rayons !

II.

Que vois-je ? il apparaît au milieu de la fête,
Où des Césars sourit la meute satisfaite.
Là trônent radieux au sommet de l'État,
L'Alcide, le glaneur, l'enfant de chœur, le fat,
Qu'on a vus, tout petits, entrer dans la carrière
Où l'ambition mène à la plus haute sphère.
C'est vers eux que s'avance avec calme et fierté
Le Peuple doux et fort, au front plein de clarté.
— Je suis l'humble, dit-il, je suis le Peuple austère
Qui vient chercher sa place à son tour sur la terre ;
Le Peuple qui veut croître en force, en dignité,
Sous l'aile du Bien-Être et de la Liberté !
O puissants ! qui riez de mon noble délire,
Daignez prêter l'oreille à l'esprit qui m'inspire !

III.

Un beau jour, un dimanche, au soleil de l'été,
Après avoir longtemps, dans un coin, feuilleté
Bayle, Holbach et Rousseau, Condorcet et Voltaire ;
Après avoir ouvert mon âme à la lumière,
Je vis passer soudain, dans mon cerveau rêveur,
Les biens qu'avaient créés mes longs jours de labeur.
Alors en remuant, tour à tour, dans ma tête,

Tous les combats féconds dont je fus l'humble athlète,
Je me disais, mon Dieu ! quel sort est donc le mien !
Moi qui n'ai jamais fait sous le Ciel que le Bien ;
Moi qui, suant toujours, fais ruisseler sans cesse
Sur un sol âpre et dur la divine richesse !
Après le Créateur, dérobant ses secrets,
J'y viens multiplier tous les dons de Cérès,
Adoucir l'âcreté des trésors de Pomone,
Doubler l'éclat des fleurs, leur parfum, leur couronne.
Grâce à moi l'oiseau trouve un succulent butin,
Le pauvre des épis et l'abeille du thym.
C'est par moi que le riche, au gré de ses caprices,
Se réveille et s'endort dans d'éternelles délices.
Je fais surgir du sol, pour tous les demi-dieux,
Des jardins enchantés, des palais radieux ;
Tout ce qui réjouit, du couchant à l'aurore,
Sous les pas des heureux mon bras le fait éclore !
Et je suis nu, j'ai faim, je loge dans des trous,
Et je suis, ici-bas, le dernier parmi tous !
Bienfaiteur méconnu, perdu dans un coin sombre
On me refuse, hélas ! un rayon dans mon ombre !

IV.

Alors, me redressant contre mon désespoir,
Je réfléchis longtemps, je voulus tout savoir ;
Je me mis à chercher d'où venaient la disgrâce
Et les iniquités qui pesaient sur ma race.
De nos fastes enfin interrogeant l'esprit,
Voici ce qu'une voix bientôt me répondit :
— Éclairé dans ta nuit par un coup de tonnerre,
Qui foudroya les rois et fit trembler la terre,
Tu ne sais ton histoire et ton nom que d'hier !..
Pourtant ton origine au fond des temps se perd !
Tes aïeux, que les grands semblent ne pas connaître,
Sont nés du premier juste, égorgé par un traître.

— Quand un faible paraît, surgit un criminel :
Benjamin vend son frère et Caïn tue Abel. —
Dès que l'Ambition eut horreur de son ombre,
Ta race fut la proie, hélas ! de l'homme sombre !
Puis, tel qu'on voit aux cieux, quand soufflent les autans,
Les nuages se rompre et s'unir par instants,
Se séparer toujours et toujours se confondre,
Celui-ci s'élever et celui-là se fondre,
Sur l'auguste sommet où Dieu les a placés,
Tels, jadis, les humains furent bouleversés.
Ainsi Tertullien, qui se nourrissait d'herbes,
Fut le modeste aïeul de cent princes superbes.
De la servante Agar, qui salissait ses doigts
Dans une basse-cour, sont nés les premiers rois !
Le fier patricien qui sous sa toge cache
Les marques que jadis y fit une cravache,
Après avoir subi les stigmates affreux
Que la puissance imprime aux corps des malheureux,
Vient, oubliant le fouet de sa première école,
Sous la pourpre, en César, trôner au Capitole !

Mais la grandeur humaine eut souvent son retour,
Les enfants d'Esaü furent les serfs, un jour,
Des enfants de Jacob. Le petit-fils d'Alcide
Devint le faible Ilote à l'œil morne et stupide !
Les rejetons d'Homère et ceux des Phidias,
Des Solon, des Socrate et des Léonidas ;
Tous les nobles enfants des sublimes esclaves,
Qui de la Grèce, un jour, ont brisé les entraves,
Tous les fils des héros tombés à Marathon,
Tous ceux des demi-dieux assis au Parthénon,
Courbèrent leurs beaux fronts, tout ruisselants de gloire,
Sous le joug infamant de l'ingrate victoire !

A son tour leur vainqueur, ce colosse romain,
Qui remuait un monde à son gré dans sa main,
Brisait les nations au choc de sa puissance,

Et qui semblable enfin à l'aigle au vol immense,
Dans son apothéose a monté jusqu'aux cieux (1) !
Ce Peuple souverain, hardi, prodigieux,
Qui portait dans son flanc comme un volcan des laves,
Redevint, ô douleur! l'esclave des esclaves!...

. . . .

Dans cet orage humain, ah! combien de Platons (2)
Ont gémi dans les fers en courbant leurs grands fronts ;
Combien de Dioclès (3) ont ceint le diadème ;
Combien de potentats, tombés du rang suprême,
Ont roulé pour toujours dans l'oubli d'ici-bas !

. . . .

Mais c'est dans la cabane et dans le bouge, hélas !
Où viennent s'entasser les fils des multitudes,
Que la tourmente humaine eut des vicissitudes,
Eut des troubles plus grands, des revers plus affreux !
Le pauvre, l'ignorant, l'humble, le souffreteux,
Furent précipités dans l'horrible géhenne
Où le juste a sa croix et le faible sa chaîne,
Et ta race roula jusque dans les bas-fonds
Où l'Erreur et la faim enfantent leurs démons !
Comme son divin Maître elle fut méconnue,
Depouillée, et flétrie, et frappée, et vendue !
Tous ces déshérités à qui Dieu promettait
Une terre aux ruisseaux et de miel et de lait,
Comme le vil bétail que l'homme tue ou parque,
Reçurent sur leurs fronts une brûlante marque !

V.

L'esclavage en traînant le char de son tyran,
Du superbe lion fait un timide faon.
Ce roi des animaux qui, libre en son domaine,

(1) Allusion à la déification des Romulus, des Augustes, etc.
(2) Platon fut vendu comme esclave par ordre de Denis le Tyran.
(3) L'esclave Dioclès devenu l'empereur Dioclétien.

Le paria, ton frère, est chassé de la table
Où Dieu verse pour tous sa manne inépuisable !
Il gémit sous le fouet, vil serpent qui se tord,
En sifflant sur le sein qu'il salit et qu'il mord !
Plus loin, dans les déserts muets de notre sphère,
Où le Ciel irrité fait tomber sa colère ;
Où le genévrier, à la ronce enlacé,
Languit en frissonnant sur un terrain glacé ;
Dans ces lieux ou parfois le soleil de son trône
Jette un regard oblique en cachant sa couronne ;
Dans les steppes maudits, désolés, noirs et nus,
Où les géants Ouràls dressent leurs fronts chenus,
L'infortuné mougick, hélas! ton autre frère,
Vivant d'écorce et d'os (1) au fond d'une tanière,
Voit déchirer le sein que sa lèvre a tari
Et vendre ses enfants que ses mains ont nourri !
En rampant sous le knout, en pleurant sous sa chaîne
Il attend qu'on les lie à la glèbe inhumaine !

VIII.

Mais promenant sa rage à la clarté des Cieux,
L'homme injuste et cruel, ton maître furieux,
N'a point borné son crime à ton corps qu'il outrage !
Sur le globe terrestre un être pur et sage,
Une femme, une mère au regard radieux
Se montre dans l'éclat qu'elle a reçu des Dieux.
Comme l'astre divin qui brille sur le monde,
Elle éclaire et console et réchauffe et féconde.
Dans ses flancs la Nature a fait le doux berceau
Où l'ange va descendre ainsi qu'au nid l'oiseau ;
C'est là que doit jaillir la divine étincelle
Qui fait d'un monde vieux une race nouvelle.

(1) Dans certaines contrées de la Russie le peuple fait du pain
avec l'écorce du bouleau et les os de poisson.

Puis, sentant bouillonner tout mon sang généreux,
J'ai, foulant les parquets des demeures royales,
Interrompu des grands dix fois les saturnales !
Au faîte des États, promenant mes pas lourds,
Sans crainte j'ai marché sur le nid des vautours ;
Là, debout, regardant la tyrannie en face,
Je l'ai pétrifiée au feu de mon audace !
Depuis ce jour, enfin, cette hydre est aux abois :
Tremblante et tête basse elle lèche mes doigts !
Sentant que j'ai rogné ses griffes et son aile,
Elle me laisse agir et croître à côté d'elle !
Alors continuant mes immenses travaux,
Du bien-être, ici-bas, j'allonge les canaux :
J'ouvre la digue étroite où l'égoïsme enserre
Les fleuves précieux, les trésors de la terre.
Et détournant le cours de tous ces fleuves d'or,
J'en élargis le lit, j'en abaisse le bord ;
J'y creuse chaque jour une nouvelle artère
Pour que ma race y vienne, à son tour, tout entière,
Boire la goutte d'or qui nous fait plus cléments,
Plus libres, plus instruits, plus forts et plus aimants !

Voilà ce que j'ai fait. Puissants ! voilà ma vie !...

XIII.

Ma tâche, cependant, n'est point encor remplie.
Après tant de souffrance et de nobles exploits,
Après avoir dompté l'iniquité des rois,
Après avoir rompu de vingt peuples la chaîne,
Je ne viens point jeter dans la balance humaine
Comme un Brennus mon glaive, oh ! non ! non ! mais je veux
Au conclave suprême émettre aussi mes vœux ;
Je veux quand ma voix pleure au moins qu'on lui réponde ;
Je veux avoir ma place au grand banquet du monde !
Quand la terre riante offre à tous les humains
Les trésors infinis dont j'ai chargé ses mains,

Je ne veux pas toujours, dans mon étroite assiette,
Voir tomber le morceau que l'âpre aumône émiette !
Je veux enfin la part que Dieu dans sa bonté
Donne aux moindres oiseaux : lumière et liberté,
Un nid chaud dans l'hiver, dans l'été de l'ombrage,
Le grain de blé toujours, le repos à la plage !
O mes seigneurs voilà ce qu'un peuple, haletant,
Autour de vos palais envie, implore, attend !

XIV.

A peine entendit-on cette voix mâle et fière,
Qu'un bruit sourd, continu, s'étendit sur la terre !
Tous les peuples courbés sous les mêmes fardeaux,
Applaudissaient dans l'ombre à ses accents nouveaux.
Près du tribun se groupe une milice ardente
Qui traîne en frémissant sa misère pesante,
Et qui veut conquérir par de constants efforts
Un rêve de la vie, à travers mille morts !
Cette foule agitée, hardie et diligente
Est pleine de rumeurs et toujours grossissante.
Alors le fier tribun vient apaiser ces flots.
A tous les travailleurs il adresse ces mots :
— O vous qui poursuivez bravement dans ce monde
Une entreprise immense, héroïque et féconde ;
Vous qui cherchez la terre où l'homme ambitieux
Pour tourmenter ses fils ne créa point des dieux ;
Où la riche Nature, en vidant ses corbeilles,
Prend soin des ouvriers, ainsi que des abeilles ;
Où le vieillard sans feu, les vertus en haillons,
Et le labeur sans gîte, et l'enfant sans rayons
Auront enfin leur place au soleil de la vie !
O vous tous qui buvez des calices la lie,
Entendez-vous ce bruit de rénovation
Qui va de l'astre à l'homme, et de l'ombre au rayon ?
C'est du monde nouveau la voix universelle,

Annonçant son aurore et la bonne nouvelle !
Elle transforme tout. Au peuple qui grandit,
A vous tous qui souffrez, voici ce qu'elle dit :
— « Travaillez ! Le travail est le dieu de la terre !
Tout obéit, mes fils, à ce maître sévère.
Les océans en proie à la fureur des airs,
En montant vers les cieux tordent leurs flots amers ;
Dans les champs éthérés où le soleil l'appelle,
La planète exécute une course éternelle ;
Les saisons, déployant leurs magiques tableaux,
Y charment les mortels par d'incessants travaux.
En brisant de l'Hiver le bouclier de glace,
Là, le jeune Printemps vient conquérir l'espace,
Et c'est en essuyant du ciel sombre les pleurs,
Qu'il ramène la joie et fait naître les fleurs ;
Puis l'Eté radieux, en tressant sa couronne,
Se montre sous le faix des trésors qu'il nous donne.
Enfin l'Automne vient, tout rayonnant encor,
Mûrir sur les coteaux les fruits de pourpre ou d'or !
Tout ce qui réjouit, fait cesser nos alarmes,
Au rigide labeur vient emprunter ses charmes :
Il nous promet de l'or, un monde, un paradis,
Mais combien de sueurs pour trouver les rubis !
Il faut creuser la terre où naît la gerbe blonde,
Il faut ravir la perle aux abîmes de l'onde !
Le travail, ô mes fils, est l'humain rédempteur
Qui poursuit, ici-bas, l'œuvre du Créateur !
C'est le décret vivant, immuable et suprême,
Que l'ouvrier divin sanctionna lui-même,
En formant de sa main un immense univers !...
C'est le géant qui rompt des esclaves les fers !...
A sa voix formidable, indépendante et fière,
Les peuples ont quitté leur dépouille grossière !
De la couche fangeuse (1) où dormaient les sept monts,

---

(1) Entre l'Etrurie et le Latium coulait un fleuve dont les déborde-
ments couvraient les environs de Rome de marais infects et pestilentiels.

Les pâtres de Rémus ont, en mouillant leurs fronts,
Gravi le Capitole et plané sur le monde !
Et le serf qu'enchaînait dans une nuit profonde
La féodalité, brisant son lit d'enfant,
Aux champs de l'industrie apparaît triomphant :
L'artisan qui rampait, s'y changeant en athlète,
En fatiguant ses bras y couronna sa tête !
En montant le Calvaire, incliné sous sa croix,
Jésus le flagellé devint le roi des rois !
Travaillez ! Que demain le Dieu qui fait l'aurore
Bénisse vos travaux, les éclaire et les dore !

. . . .

Ah ! surtout espérez en un destin meilleur !
L'espérance aplanit les routes du labeur !
Elle adoucit nos maux, donne une aile à nos peines,
Et porte dans son flanc l'avenir aux mains pleines !

A peine a-t-il parlé qu'un souffle plus puissant,
Sonore et prolongé, de l'inconnu descend ;
C'est le chant large et pur, frais comme un chant d'aurore,
D'une divinité vierge et voilée encore :
Pour régénérer l'homme elle a quitté les cieux.
La sagesse jaillit de son cœur vertueux,
Ses yeux sont deux soleils dont le doux feu féconde,
Console et rajeunit : ils éclairent le monde ;
Sa main est la justice, et ses armes, les droits.
Cependant, ici-bas, les prêtres et les rois
D'opprobres ont couvert sa tête qui rayonne...
Mais déchirant le lange où leur bras l'emprisonne,
Elle en jette en marchant, en tous lieux, les lambeaux,
Et les peuples s'en font de glorieux drapeaux...
Écoutez ! sa voix douce, enchanteresse, immense,
De tous les opprimés chante la délivrance !
— « Instruisez-vous ! dit-elle, éclairez vos cerveaux .
Dont vos maîtres on fait de lugubres caveaux
Où l'erreur se blottit, où la sombre ignorance
Étouffe vos pensers et votre intelligence !

D'un pas audacieux gravissez les hauteurs
Où la vérité pure a caché ses splendeurs ;
Et riant du vieux sphinx, affamé de victimes,
Qui hurle au fond du gouffre ou gronde sur les cimes,
Cherchez la page neuve où le progrès écrit.
Interrogez les cieux ; méditez ce qu'ont dit
La science sans fard et les penseurs austères,
L'âme des Lamennais et l'esprit des Voltaires.
Ouvrez les livres d'or où l'ouvrier apprend
A devenir plus fort et plus sage et plus grand.
Sortez de votre enfance en proie aux vains fantômes,
Brisez les bourrelets qu'on met à vos fronts d'hommes !
Et vers la liberté, sans trembler en chemin,
Marchez dans la lumière en vous donnant la main !

. . . .

Il faut que ton destin, ô peuple, s'accomplisse,
Et qu'à son tour ta race en ce monde grandisse !
Vois ! pour toi sous le ciel Dieu vient doubler ses dons !
La branche a plus de fruits, les champs plus de moissons,
La vie a plus de fleurs, l'homme a plus de clémence,
La table des heureux est enfin plus immense !
O peuple, c'est par toi que tout change ici-bas !
Tout le bonheur terrestre est sorti de tes bras !
Vers un monde meilleur l'humanité n'avance
Que quand tes fiers enfants poussent son char immense !
Enfin de toi naîtront les générations
Qui doivent épurer l'âme des nations !

Soudain à cette voix le peuple se réveille,
La terre a tressailli, les grands prêtent l'oreille.
Penché sur sa charrue, et la sueur au front,
Le laboureur hardi sent que le champ fécond,
Qui n'offrait autrefois ses épis qu'aux superbes,
Au semeur pauvre encor, réserve quelques gerbes ;
L'ouvrier, pressentant que ses maux vont finir,
Espère pour ses fils un meilleur avenir !
Le savoir se fait humble, et l'humble communie

Avec l'Art, la Science et la Philosophie !
Sur un autre Thabor le Rédempteur descend
Et de nouveau se montre au peuple frémissant,
Qui, disciple fervent, sent déjà qu'en son âme
S'allume, ardente et pure, une divine flamme !
Il a vu sur son front, plein de son nouveau Dieu,
Flotter, comme l'apôtre, une langue de feu !
Et ce disciple obscur, à la poitrine nue,
Respire, émerveillé, la lumière inconnue !
Et d'un pas de géant il marche avec fierté
Vers la paix, la justice et la fraternité !
Sortant transfiguré de sa longue inertie,
Il vole radieux vers la Démocratie.
Il grandit à son tour sous l'aile de la Loi :
Le vote l'anoblit et l'urne le fait roi !...

. . . .
. . . .

Et tous les potentats, chancelants sur leurs trônes,
S'affaissent sous le poids de leurs lourdes couronnes !
Ils s'agitent toujours !.. mais ces spectres perclus
N'implorent qu'un faux dieu qui ne les entend plus !...

. . . .

Victor BONHOMMET,

au Mans (Sarthe).

TABLE DES MATIÈRES.

CHANT I.

CHANT II.

CHANT III.

CHANT IV.

CHANT V.

CHANT VI.

CHANT VII.

Le Mans. — Typ. Ed. Monnoyer. — 1870.